JN060729

はじめまして現代川柳

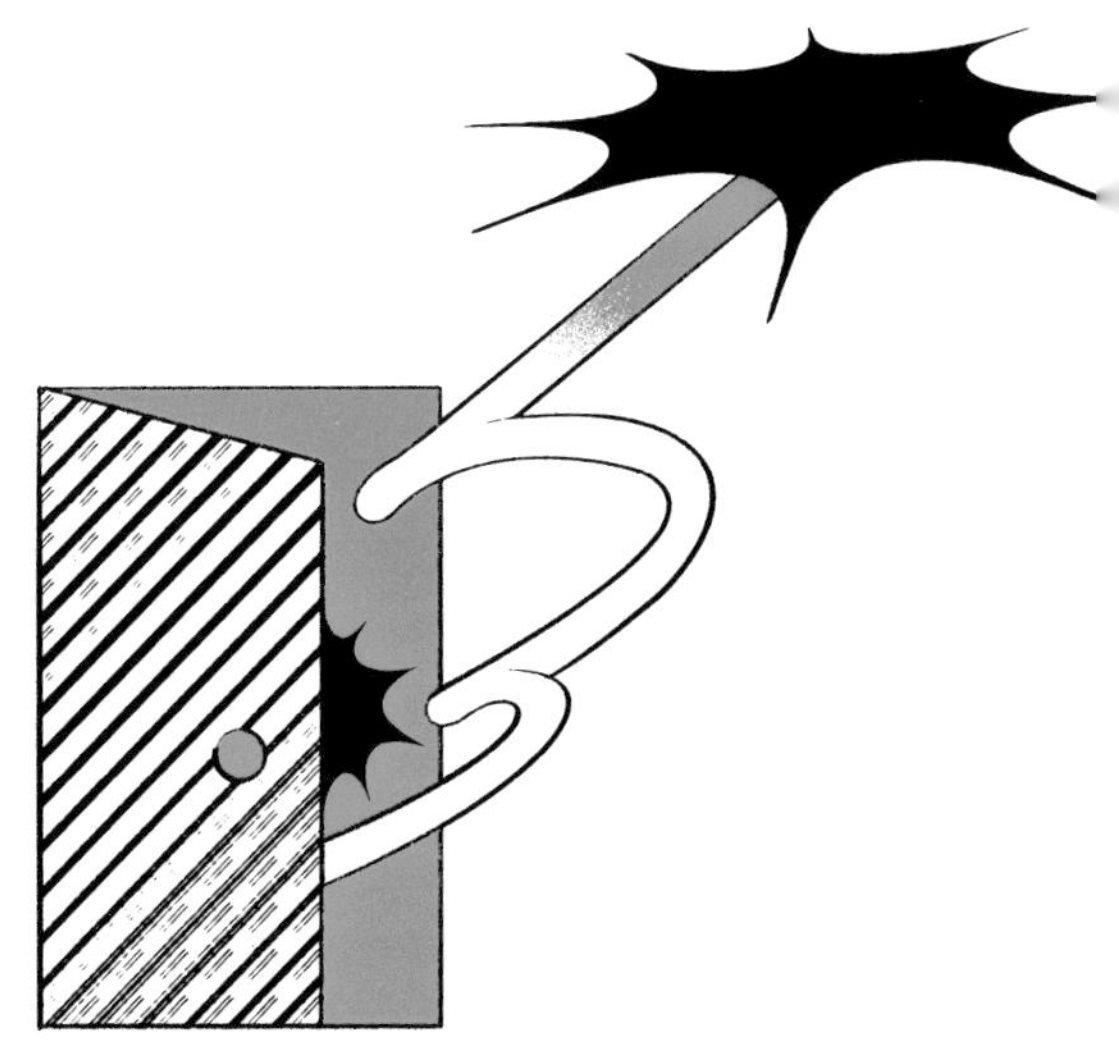

小池正博 編著 書肆侃侃房

はじめまして現代川柳　もくじ

はじめに　現代川柳とは何か？　008

第一章　現代川柳の諸相

石田柊馬　012
石部明　020
海地大破　028
加藤久子　036
佐藤みさ子　044
墨作二郎　052
浪越靖政　060
丸山進　068
渡部可奈子　076
渡辺隆夫　084

第二章　現代川柳の展開

くんじろう　094
小池正博　102
滋野さち　110
清水かおり　118
筒井祥文　126
中西軒わ　134
なかはられいこ　142
野沢省悟　150
畑美樹　158
松永千秋　166

第三章　現代川柳の源流
川上日車　176
木村半文銭　184
河野春三　192
中村冨二　200
細田洋二　208

第四章　ポスト現代川柳
飯島章友　218
川合大祐　226
暮田真名　234
榊陽子　242

竹井紫乙 250
芳賀博子 258
兵頭全郎 266
湊圭伍 274
八上桐子 282
柳本々々 290

第五章　現代川柳小史 299

あとがき 308

装丁　森敬太（合同会社　飛ぶ教室）
装画　大河紀

はじめまして現代川柳

現代川柳とは何か？

現代俳句や現代短歌について、短詩型文学に関心のある読者であればある程度のイメージを持っておられることだろう。けれども、「現代川柳」について、それがどのようなものか、具体的な作者や作品を挙げて語ることのできる人は少ないと思われる。川柳といえば「母親はもったいないがだましよい」「古郷(ふるさと)へ廻る六部は気のよわり」などの「古川柳」であり、「近代川柳」や「現代川柳」は一般にはあまり知られていない。

現在書かれている川柳の場合でも、よく目にするのは新聞川柳・時事川柳・サラリーマン川柳などである。そのような一般に流布している川柳イメージと重なりながらも異なるかたちで、文学としての川柳は書き継がれてきた。

「現代川柳」には「現代の川柳」とは異なったニュアンスがある。一九七〇年前後、「現代川柳」は「革新川柳」「前衛川柳」という意味で川柳界では受け止められていた。「伝統川柳」と「現代川柳」という対立軸があったのだ。現在では伝統と革新ということはあまり言われなくなったが、伝統であれ革新であれ、文芸としての川柳を志向する作品を「現代川柳」と呼んでおこう。遊戯性は深い意味では文芸と無縁ではないし、川柳は文学か非文学かには議論もあるが、「川柳は遊び」という軽い意味のとらえかたはしないでおきたい。

最近では川柳の句集もずいぶん出版されるようになり、短歌や俳句の読者も川柳に目を向ける機会が徐々に増えてきている。俳句と川柳はどう違うのか(柳俳異同論)とか、短歌と川柳は形式が違うが内容には通じるものがあるとか、さまざまな議論が生まれているが、具体的な川柳作品を読み味わっていただくことによって、短歌や俳句とは異なる言葉の使い方・表現の仕方を感じ取っていただければと思う。

本書には現代川柳の作者、三十五人の作品を収録している。全体を四章に分け、第一章と第二章には現代川柳を牽引してきた作者の作品を収録。第三章には現代川柳の源流としての新興川柳と戦後川柳の作者を、第四章には次世代の活躍が期待される作者を収録した。各章の作者配列は五十音順。読者の川柳イメージを揺さぶるような作品と出会っていただくことができるだろうか。作品のページの前に解説を付けたのは、川柳に馴染みの薄い読者への案内という意味で、先入観なしに作品を読みたいという方は作品のページを先に読んでいただければ幸いである。もとより優れた川柳作品と作者は数多あるから、他の川柳書や句集へとご興味の範囲を広げていっていただければ嬉しい。

先行する現代川柳のアンソロジーとして『現代川柳の精鋭たち』(北宋社、二〇〇〇年)があるが、それから二十年が経過し次世代の作者も現れてきている。知られざる現代川柳への理解と新しい現代川柳の作者の登場を願っている。

では、現代川柳の扉を開いてください。

小池正博

第一章　現代川柳の諸相

石田柊馬（いしだとうま）

一九四一年〜二〇二三年。京都市生まれ。義務教育終了後ただちに就職、十代の後半で川柳と遭遇。以後幾つかの結社同人やグループに参加。著書に『石田柊馬集』（邑書林）。

二〇〇四年七月、岡山県の「第五五回玉野市民川柳大会」で石田柊馬は次の作品を出句した。題は「妖精」。

　妖精は酢豚に似ている絶対似ている

川柳の句会・大会では題が出されるのが通例である。前句付をルーツとする川柳は題詠と親和的なのだ。「妖精」という題に対して川柳人はどのような句を作るだろうか。ピーターパンやネバーランド、虹を渡ってくる妖精物語ではおもしろくない。柊馬は意表をつくように「酢豚」のイメージをもってきた。「母親はもったいないがだましよい」という古川柳があるように、川柳は問答構造だと言われている。「母親は〜」という問いに対して穿ちの答えを提出するのだ。柊馬は穿ちとは異質な「酢豚」という強烈なものをぶつけてみせた。

柊馬の句のもうひとつのポイントは、「絶対」である。「妖精は酢豚に似ている」という認識や発見に対して、「妖精は酢豚に似ていない」という別の認識があるのは当然だ。作者はそんなことは百も承知だろう。様々な認識があるなかで、「絶対」と言い切るのは「押しつけ」であり「あつかましさ」であるが、ここに「断言の形式」としての川柳の特質が顕著に表われている。「妖精は酢豚に似ているかもしれぬ」では川柳にならないのだ。

縄跳びをするぞともなかは嚇かされ
先頭になるのを恐れているもなか
印鑑もサインももなかはきらいなり

川柳の題材として食物はよく詠まれている。ここでは連作の題材として「もなか」が選ばれている。『石田柊馬集』には「もなか」の連作が十六句収録されているが、本書では十二句に絞られている。もなかが縄跳びをしたり先頭になったりすることはありえないから、意味で読もうとすると比喩やメタファーと受けとる向きがあるかもしれない。そういうところが皆無とはいえないが、擬人的・比喩的意味を外して読んだ方がおもしろい。連作の事物は「狂言回し」として使われることもあるが、ここでは「もなか」が主役であり、さまざまな角度から批評的にとらえられていて飽きさせない。

病棟や父「撤収ッ」を連呼せり
カネ出せよあんたのネクタイむかつくぜ

柊馬の出発点は社会性川柳であった。「病棟」の句の作中主体は戦争の記憶に錯乱する父であり、「カネ出せよ」はチンピラの口を借りたルサンチマンの表出である。「川柳が川柳であるところの川柳性」と柊馬はよく口にするが、社会性から言葉の飛躍まで、石田柊馬のカバーする領域は広い。ジャズがクロスオーバーになり、フュージョンになって、ジャズの本質が曖昧になっていったように、現代川柳における「川柳性」はどこにあるのか分かりにくくなっている。多様な現代川柳の作品のなかで、石田柊馬の句には常に強烈な川柳性が感じられる。

石田柊馬

縄跳びをするぞともなかは嚇かされ

先頭になるのを恐れているもなか

積まれても耐えろと叱られるもなか

岬までの道をもなかはがんばって

印鑑もサインももなかはきらいなり

号令を浴びて罅割れるもなか

諄々とゴジラを諭しているもなか

鉢巻も襷ももなかの敵である

赤ん坊に　もなかの皮にある時間

もなかもなかもなか苦しい詩語がある

もなかの皮絶対他力をおもうなり

山の向こうにやさしいもなかが待っている

石田柊馬

病棟や父「撤収ッ」を連呼せり

カネ出せよあんたのネクタイむかつくぜ

朧夜の角材そんなに嘲笑うなよ

亀が行くゴジラの伝言たずさえて

水平線ですかナイフの傷ですか

遠きリス見え俺らの側頭部　日ざらし

全共闘以後めっきりと老い佐助

魂は沖に木綿豆腐はここに

どんぶりとどんぶら数名詞でもめる

紫雲英野を売る形相とおぼしめせ

ビニール傘てふ本願寺に似たるもの

地下9階煮豆救出隊玉砕

蜃気楼の向こうの水平射撃也

うさぎの耳もっと伸ばせばのびるだろ

父母を啄みやがて私を啄む鳥

アオスジアゲハなら長谷川伸だ

まなかいにたんたんたぬき並びおる

晩夏光枝豆色の寝汗して

マーガリンとして起立斉唱す

小指もてビルくすぐれば湯気立てて

三角の四角の朝顔斉唱す

梨の芯部屋中の虚構におい立つ

昨夜のおでんとアジアの私昼寝

合わぬ義歯　谷川雁を読み返す

血圧の低い銃把を共有する

時速などというから豆腐が固くなる

2と書いて3をいい気にさせてやる

デジタルにすべし脅しに使うべし

閣下だったか山葵漬けだったか

倒産の噂をおなかの子に聞かす

出来立ての板は悲しそうである

粒にするときは演劇的である

石田柊馬

箱の中の箱ににやりと笑われる
干瓢を戻す偉人の顔をして
涙してアルミはタンポポ生むと言う
お客様別ご嗜好品表に居る
清掃中の札ありビルの死は遠し
さわさわと鱶ゆく空や卯の垣根
ラッパ飲みしたまま立ったまま二年
もっともなことだと青磁の輝に言う

たまの緒かもやしのひげかうすあかり
冷蔵庫に魔女のたまごが十個ある
花嫁はトドの死体のあちら側
たまごやきとウインナソーセージの皆さん
0番扉から時計の内部です
杉並区の杉へ天使降りなさい
侍か折口信夫か汗におう
侍が河の向こうで呼んでいる

立ち枯れの父を倒せばひろがる夏

妖精は酢豚に似ている絶対似ている

閲兵はつづく油揚げ５００００トン

淀川に流すしわくちゃの十五夜

じじばばを川に流して桃太郎

犬は犬かき豚はブタかきの夏

冷蔵庫どうし相撲をとりなさい

補助輪がとれて坊やは蛇になる

さあ父よ頬にピンクを塗ってあげます

お帽子をお預かりして張り倒す

お婆さん朱塗りの橋を食べんとする

後一匹ブタが入れば忠臣蔵

トロッコという音右脳を滑るなり

柱時計その薄闇の切除痕

板わさや　かの執刀医急逝す

倒されるときに小さな駅見えて

石部明（いしべあきら）

一九三九年〜二〇一二年。岡山県和気郡生まれ。「ますかっと」「川柳展望」「川柳塾」「川柳大学」などを経て一九九八年「MANO」創刊同人。二〇〇三年「バックストローク」創刊、発行人としてシンポジウムを伴う大会を各地で開催。句集『賑やかな箱』『遊魔系』『石部明集』。共著『現代川柳の精鋭たち』。

どこかへ行って帰ってくる。彼はどこで何を見てきたかを直接は語らないが、今いる世界が唯一の現実ではないことを知っている。往相と還相と言うのだろうか、石部明の作品から読み取れるのは「帰ってきた男」というモティーフである。青年時代に故郷・岡山県を出て大阪の叔父のところで修業時代を送った石部は、やがて修業を終えて故郷に帰ってくる。「帰ってきた男」は同時に「見てきた男」でもある。

記憶にはない少年が不意にくる
見たことのない猫がいる枕元

「記憶にはない少年」とは別の世界で出会ったのかも知れず、「見たことのない猫」がいるのには何らかの理由があるのだ。石部は闘争的な人間関係や現実の醜悪な姿を熟知していたが、表面的な現実とは次元の異なるもう一つの世界があり、二つの世界を往き来することも知っていた。だから、石部の作品にはその境界となる「堤防」「対岸」「岬」などの場所が好んで選ばれるのである。

石部が好んで詠む世界は「異界」であり、場合によっては「死」の世界である。エロス（愛）とタナトス（死）は「生」の両面だ。病涯句というものがある。人は病をえたときに死を凝視したり、家族や友人の死によって痛切に死を意識したりするが、石部の句はそういうものではない。川柳ジャンルのなかに「死」の視点を持ち込み、死という別世界から生を照射することによって句を書くのは石部の発明だった。だから石部の作品においては、個人の死の具体的な姿ではなくて、「死」そのものが主題となるのである。石部の凄いところは「死」をくぐり抜けた目をもって再び「生」に戻ってくるところだ。

鏡から花粉まみれの父帰る

梔子となり人知れず帰郷する

『遊魔系』は完成された句集である。個々の句が完成されているだけでなく、エロスとタナトスと詩が三位一体となった世界を一冊の句集として提示している。

ここには石部の愛用するキー・イメージが繰り返し用いられている。

薄目して覗く椿の咲くところ

どの家も薄目で眠る鶏の村

妙に気にかかる「薄目」の二句である。仏像の半眼とは異なり、石部の句では薄目で世界と人間が眺められている。エロスや耽美的世界は「死」のまなざしを通して川柳に変換される。「〜系」という流行した言葉に対して「遊魔系」とはよくぞ名づけたものだ。

「バックストローク」は二〇〇三年一月創刊。石部は巻頭言で「私たちは川柳を刷新する」「川柳という形式を揺さぶるのが私たちの命題」と書いている。シンポジウムをともなう大会の開催は、プロデューサーとしての石部の面目躍如である。二〇〇〇年代の川柳の新しい波の中心にいたのが石部明であった。

石部明

月光に臥すいちまいの花かるた
水掻きのある手がふっと春の空
いもうとは水になるため化粧する
雑踏のひとり振り向き滝を吐く
オルガンとすすきになって殴りあう
ボクシングジムへ卵を生みにゆく

国境は切手二枚で封鎖せよ

揺さぶれば鰯五百の眼をひらく

どの家も薄目で眠る鶏の村

縊死の木か猫かしばらくわからない

琵琶湖などもってのほかと却下する

チベットへ行くうつくしく髪を結い

石部明

菜の花の中の激しい黄を探す

アドリブよ確かに妻をころせたか

やわらかい布団の上のたちくらみ

さびしくて他人のお葬式へゆく

記憶にはない少年が不意にくる

丹念に指がなくなるまで洗う

石を担いだ石屋のシャツが干してある

目礼をして去ってゆくおそろしさ

バスが来るまでのぼんやりした殺意

穴掘りの名人がきて穴を掘る

見たことのない猫がいる枕元

梯子にも轢死体にもなれる春

棍棒の握り具合もいい卯月

神の国馬の陣痛始まりぬ

包帯を巻いて菫を苛めけり

階段を降りて青葉の家出人

刑法に触れ六月の雨の父

湖へ父の溲瓶をとりにゆく

着飾ってしくしくと泣く蜜柑山

軍艦の変なところが濡れている

かげろうのなかのいもうと失禁す

春という一語をもって刺しにゆく

性愛はうっすら鳥の匂いせり

この夏を苦しみぬいて銀の匙

男娼にしばらく逢わぬ眼の模型

栓抜きを探しにいって帰らない

鏡から花粉まみれの父帰る

半生を閉じ込めておく花図鑑

老人がフランス映画へ消えてゆく

母消える朧月夜に猫つれて

息絶えて野に強靭な顎一個

舌が出て鏡の舌と見つめあう

石部明

青痣を見せないように桔梗咲く

びっしりと毛が生えている壺の中

にこりともしない少女と船燃やす

身の奥に飼う一匹のテロリスト

死者の髭すこうし伸びて雪催い

鳥かごを出れば太古の空があり

薄目して覗く椿の咲くところ

死ぬということうつくしい連結器

酢の瓶を傾けてみる黄泉の国

一族が揃って鳥を解体す

岬には身元引受人ひとり

梔子となり人知れず帰郷する

わが喉を激しく人の出入りせり

劇薬と記す夕陽を入れた瓶

轟音はけらくとなりぬ春の駅

入口のすぐ真後ろがもう出口

あかんべいしてするすると脱ぐ国家
たましいも母の背鰭も簾越し
花見とは食い散らかした僧かしら
死んでいる馬の胴体青芒
半日もあれば愛せるゆでたまご
ほんとうは役人だった象使い
花を盗んでそれからながい逃亡記
朝方の鳥かごにまだ鳥がいる

一匹とかぞえるものを木に縛り
そのあとに転がる青いくすり瓶
両の掌のすでに指紋も売りつくす
靴屋きてわが体内に棲むという
六月の肉感的な腕を干す
水鳥の頸やわらかく雪予報
びっしりと菊その裏は姉の部屋
死顔の布をめくればまた吹雪

海地大破（うみじたいは）

一九三六年〜二〇一七年。北九州市生まれ。父母の故郷・土佐市に移住。一九五四年から川柳をはじめ、「ふあうすと」「帆傘」などを経て「川柳展望」創立会員。一九七九年「川柳木馬」創立会員。句集『満月の猫』、共著『現代川柳の精鋭たち』。

一九七二年、海地大破・小笠原望・古谷恭一・北村泰章の四人が「百句会」という集まりをもった。その夜のうちに百句つくらなければ寝てはいけないというルールである。大破は三時間ほどで百句を作った。大破の多作ぶりは有名であるが、彼がしばしば語ったエピソードに「川柳の鬼」といわれた定金冬二の思い出がある。冬二と大原美術館に行ったとき、大破は手帳に何かを書き込んでいる冬二の姿を見た。あとで同室になったとき、冬二に見せてもらった手帳には百句あまりの川柳がびっしりと書き込まれていたという。

一九七五年、大破は創立会員として時実新子の「川柳展望」に参加。一九七九年には高知で「木馬ぐるーぷ」を創立した。会誌「川柳木馬」は発行人・海地大破、編集人・北村泰章、創立同人は他に古谷恭一・西川富恵などがいた。句集『満月の猫』（一九八九年）は第五回川柳Z賞を受賞したあと、「かもしか川柳文庫」の一冊として発行されたものである。

つぎつぎと女が消える一揆の村
満月の猫はひらりとあの世まで
弓を引くかたちで骨になっている

大破の句には都会的な洗練とは異質な土俗性が感じられる。ある村で一揆が起こったが、不思議なことに女たちが次々に消えてゆく。川柳の一句が小説一編に匹敵する。「満月の猫」は句集のタイトルにもなった作品。ここでも、この世の猫があの世へと消えてゆく。物語的な雰囲気が漂っているのは大破のロマン主義である。

夜桜に点々と血をこぼしけり
行き過ぎてあれは確かに鳥の顔

大破の句には凄みもある。血の飛び散る凄絶な芝居絵で有名な「土佐の絵金」のことを連想する。すれ違ったのは人外の存在かもしれない。

首の骨がくんがくんと辞表書く
とても眠くて楽譜一枚書き漏らす
死ぬときのジョークが未だ決まらない

「昭和2桁生れの作家群像」(「川柳木馬」八〇号)の「作者のことば」で大破は病気について触れている。「私は、子供の頃から病弱であった」「従って、私は『生と死』のこの不可思議なテーマと永遠に向かい合うようになったが、未だ完成された作品に恵まれず忸怩たる思いにかられている」けれども、大破には負の条件を余裕をもって眺める懐の深さがある。辞表を書くのは深刻な事態のはずなのに、首の骨ががくんがくんとなる方に意識が向かうのは独自のユーモアだろう。楽譜を一枚書き漏らしても、まあいいやという達観。夢見心地のうちに現実の苦悩は緩和されるのだ。

大破は「川柳定年説」を唱えたことがあるが、その言葉通り後進に道を譲り、「木馬ぐるーぷ」では清水かおりなどの次世代川柳人が育った。

木が消えて風の向こうのかたつむり

八月の怒りで魚の内臓（わた）を抜く
衰弱のはじまる縄が横たわる
つぎつぎと女が消える一揆の村
満月の猫はひらりとあの世まで
弓を引くかたちで骨になっている
夜桜に点々と血をこぼしけり

行き過ぎてあれは確かに鳥の顔

首の骨がくんがくんと辞表書く

とても眠くて楽譜一枚書き漏らす

夜明け前の茶碗を並べ狂えない

わが死後のわが眼球に妻がいる

とうせんぼされた記憶の血がさわぐ

箸を作らんと一本の樹を削る
この指止まれ小さな町を触れ歩く
冬の絵を抜け出す姉を呼び止める
人間を許そうとせぬ最後の木
誰かが死んで誰かが育つ猫の椀
父の肋を集めて筏組み立てる
ふるさとへゆるりゆるりと腸が伸び
傾斜する町の目玉をとりはずす

橋を往く人間の貌犬の顔
生き恥の限りを尽くし屋根の上
駐車場から父のめまいがはじまった
胃袋のなかで砥石が目を覚ます
陣痛のまっただ中で謎が解け
てのひらを返すと消えていた生家
猫消えた日から残尿感がある
真剣な顔で詐欺師が木を植える

放浪の帽子に芽吹くものがあり
夕焼けを鯨担いでゆく宴
レモン絞る海の一滴まで絞る
生卵飲む半分は傍観者
嘔吐以後野の音楽が降ってくる
しいたけ村の曇天をゆく老婆たち
雑木林の暗示の中へ歩き出す
木が消えて風の向こうのかたつむり

作り話がとても上手な鴉たち
体内の時計が狂う帽子店
犬の名を呼ぶと女が振り返る
抱き締めた女が放つ魚臭かな
盃に海賊船がやって来る
手招きの虹に赦しを乞うている
鏡のなかが賑やか過ぎて眠れない
一夜明けると私の視野に塔がない

不真面目も真面目も同じ箱の中

似顔絵が似ていないので安堵する

休戦のタオルを投げたのは男

人間の鼻が怠惰になってくる

赤とんぼ天動説はまだ続く

枕辺に降りてくるのは熱気球

蔑みの目がいつまでも壁にある

蠟燭を百も灯せば恐ろしい

ポケットに冬があるから裏返す

転生のよさこい節を口ずさむ

死ぬときのジョークが未だ決まらない

女系家族の明るく魚の首をはね

表札に蝶が止まっている祭り

音楽が降る鳥籠に鳥の糞

コミカルに春の帽子を処刑する

一軒をすっぽり包む紙袋

人形を抱いて夜明けを待っている
父の蹄はどこまで続く川明かり
はらわたで拍子木が鳴るさむい一日
誕生日花屋の花に討たれたる
一族が逃げ込んでゆく埴輪の目
闇を吐くピアノの上の頭蓋骨
蟬の殻半身麻痺のてのひらに
たましいが木の上にあり木に登る

椅子に手があったら愛をはがいじめ
短命の家系をよぎる猫の影
性欲や手からこぼれていった砂
あの世まで胴上げをする無数の手
雨だれをじっと見ている脳軟化
回転扉はこの世の果ての如くあり
着地した鴉すたすた歩きだす
恐ろしい幻想がある消火栓

加藤久子（かとうひさこ）

一九三九年、東京生まれ。「杜人」同人。句集『矩形の沼』（一九九二年）『空の傷』（一九九九年）、共著『現代川柳の精鋭たち』（二〇〇〇年）。

バスも私も消える肉屋の鏡

加藤久子は第十回川柳Z賞を受賞した機会に第一句集『矩形の沼』をまとめている。この句の不安感は何だろう。「私」の視点から詠まれているなら「私」が消えることはない。バスも私も消えるのは「鏡」の視点から詠まれているからだ。では、鏡からバスも私も消えたことを「私」はどうして知っているのか。ここには複合的な視点があり、七・三・七または三・七・七という不安定なリズムが不思議な感覚をかきたてている。

レタス裂く窓いっぱいの異人船

料理の句だが、通常の生活詠の感覚ではない。台所で調理をするというのは日常生活の一コマに過ぎない。ところがふと外に視線を移すと窓いっぱいに異人船が来ている。世界は「ここ」でありながら別の「どこか」とつながっている。彼女の眼には別の風景が見えているのだろう。

水面にひびかぬように紙を裂く

魚裂く真昼私も存在する

第二句集『空の傷』から。「裂く」は久子の句のキーワードかも知れない。前の句の「裂く」は慎重だ。

日常世界が別のものに変質してしまわないように、気をつけて裂かなければならない。後の句では「裂く」ことによって「私」の存在が痛切に意識されている。『空の傷』には「三月の打楽器空は傷だらけ」という句が収録されている。打楽器の音によって空に傷がつけられる。世界に亀裂が入るのだ。

加藤久子の作品は衣食住を中心とする具体的な生活から離れたところで書かれている。生活空間のなかに別の空間が挟まれたり、日常時間のなかにふと過去の時間が紛れ込んだりする。生活者として現実を生きながら、作品のなかでは現実が揺らぎはじめる。

日向臭い猫と待ってるオートバイ

月揺れて不意に疑う指の数

何を待っているのだろう。なぜ日向臭い猫といるのだろうか。月の揺れを契機に、ふだん確実に思われていたはずの指の数が疑わしいものに思えてくる。

ビニール袋振るとぽろぽろ落ちる空

ちょっとだけ叫ぶ箱ごと腐るとき

短日の姉倚りかかる紙の家

ビニール袋、箱、紙の家、それぞれの容れ物の中に予想外のものが存在している。作者の目はそれを見逃さない。

少年　鯨と消える正午(ひる)の駅

地底駅イアホンの少年薄くわらう

少年の句が何句かあるのに注目した。他者を他者として詠んだ句が比較的少ないなかで、家族や少年の姿は印象に残る。これらの作品を書いた後、彼女は再び現実に戻るのだろう。

銀河から戻る廊下が濡れている

郵便受はからっぽ肋はうすみどり

日向臭い猫と待ってるオートバイ

バスも私も消える肉屋の鏡

月揺れて不意に疑う指の数

水の家いつも戻ってきてしまう

レタス裂く窓いっぱいの異人船

少年　鯨と消える正午（ひる）の駅

水面にひびかぬように紙を裂く

ビニール袋振るとぽろぽろ落ちる空

ちょっとだけ叫ぶ箱ごと腐るとき

泡立草百円ショップに紛れ込む

銀河から戻る廊下が濡れている

加藤久子

ごろんと角材寒い日を跨ぐ

ばらの首畳の上の等高線

いつか行こうと思っている俎板のむこう

記号論冬の臓器は鮮やかに

銅像は曳かれ卵の薄い闇

花を掃く鈍痛がある凍死体

体温を喪くしつづける夜の果実

私って何だろ水が洩れている

いっぱいの陽射し人狩る音満ちて

飛行船揺れて出てゆく部屋の暗がり

洗濯機ごとんと沼は鳥影する

みつめあって酸素不足のバイオリン

青い日暮れの駱駝を待っているのだよ

晴天つづきでポンと私の破れる音

天国がみたくて変える椅子の向き

ガラス触れあう日溜りを逃げてきた

夕立のきそうな話握っている

終末論キャベツ1/2の街

山のかたちのように素直になっている

花びらの軽さで嘘を言ってみた

うつうつと指喰べ尽す雪一日

長女次女皿の触れ合う霧の中

麦熟れて鞄につめる絵空事

炎天の自転車疵に触れてくる

鉛筆が一本折れて他人の中

遠い戦争肉屋花屋はぐんぐん太る

バーコード砂漠の骨はあたたかし

斉唱のまっすぐ墜ちる二月の馬

吊皮と古い噴火の話する

街昏れて断層を這う蝸牛

骨片降るガラスのなかの花遊び

三月の打楽器空は傷だらけ

加藤久子

たんぽぽのサラダを食べる間氷期

水掻きの有無を尋ねる昼の深さ

マタイ伝五月に底のあるように

葉が繁る鏡の中の暗黒舞踏

夕焼けに素足が届く吹奏楽

廃船が歌いだすまで草毟る

画鋲零れて朝は完璧

曇天の給水塔の白い疲労

住所不定空へ梯子をかけたまま

足音がしきり少年法の午後

劇中劇に突っこんでくる素足

白菜を抱えて音のない詩集

ヘリコプターぱたぱたぱたと歯肉炎

夕方の鉛の街のもっともっと

菜の花のまんなか除霊してもらう

水をまんなかから分ける　骨肉

造反を考えているキャベツの芯

画像処理する毛足の長い夜

地底駅イアホンの少年薄くわらう

繃帯を一気にほどくカード氾濫

沼涸れている銀行の深い椅子

晴天がみしりと鳴って振り返る

家中に紙の音して　秋

足跡がいっぱい空の裏側まで

ハーモニカ誰も箱から出てこない

抽斗にしまうすぐ死ぬ猫と虹

絵本のはじまり廊下のつきあたり

画集から道をひっぱりだしておく

スーパーをひとまわりして水に浮く

魚裂く真昼私も存在する

いつもセクシーな猫がいる非常口

短日の姉倚りかかる紙の家

佐藤(さとう)みさ子(こ)

一九四三年生まれ。宮城県在住。句集『呼びにゆく』。共著『現代川柳の精鋭たち』。「川柳杜人」同人。終刊まで「MANO」会員。

佐藤みさ子の川柳にはアフォリズム（箴言）的要素がある。「人間は考える葦である」（パスカル）とか「人生は地獄よりも地獄的である」（芥川龍之介）などは有名なアフォリズムだ。吉田精一は『随筆入門』のなかで川柳をエピグラム（警句）に似ていると書いている。箴言や警句に通じる川柳、たとえば、次のような句はどうだろうか。

正確に立つと私は曲がっている

個人のもっている癖や歪みは「個性」と呼ばれるが、ふだん気づかなくても、正確に立つとき歪みが自覚される。「私」は自己に限定して読んでもよいし、一般化するとそもそも人間は曲がっているという認識になる。「曲がっている私」を否定しているのではなくて、自覚と自負も感じられる。

あおむけになるとみんながのぞきこむ
たすけてくださいと自分を呼びにゆく

他者と「私」の関係はどうだろう。病気や死んだときとは限らないが、あおむけになるとみんなどうしたんだと覗きこんでくる。のぞきこむ他人たちを逆に本人が見つめ返している。助けが必要なときは誰かを頼らないといけないが、そんなときにも自分を呼びにゆくのだ。みさ子の句集のタイトルは『呼びにゆく』である。箴言という言い方をしたが、彼女の作品は教訓などとは無縁の深い人間洞察に基づいている。

美しい五月が口をあけている

かなしいことがあって五月がうつくしい

五月を詠んだ二句。花々の咲き乱れる五月が美しいのは、その背後に抱え込んでいるものがあるからだ。「かなしい」は「悲しい」「哀しい」「愛しい」などの入り交じった感情を含んでいる。同じテーマを違った角度から表現する変奏曲である。

空席にくうせきさんがうずくまる

不思議な句である。空席だから誰もいないはずなのに、作者の目には「くうせきさん」の存在が見えている。ひらがなで表記される微妙な存在である。

カーテンらしくふるまっている

部屋の余白と争っている

みさ子の作品に七七句がときどき現れる。川柳では五七五定型のほかに十四字（七七句）という定型がある。連句にルーツがあるのだろうが、圧縮されることによって効果的な表現になっている。

きかんこんなんくいきのなかの「ん」

東日本大震災以後、みさ子の作品に怒りが表われた。この一句の背後にどれだけの怒りが込められているかを思う。

佐藤みさ子の作品には強固な「私」が感じられる。他者や社会との関係性のなかで、自己のもっている大切で譲れないものがある。次の句は彼女の断言と箴言と文学が結晶した作品として忘れがたい。

カサコソと言うなまっすぐ夜になれ

佐藤みさ子

美しい五月が口をあけている
まだ来ない痛みを待っているような
「いないいないばあ」をしていて怖くなる
たすけてくださいと自分を呼びにゆく
きかんこんなんくいきのなかの「ん」
けれどもがぼうぼうぼうと建っている

殴りたくて抱きしめたくて草原に

この辺が机の顔と思います

正確に立つと私は曲がっている

首を咥えられてどこまで行くのだろう

誓いますか「ハイ」と銀杏が降りそそぐ

カサコソと言うなまっすぐ夜になれ

佐藤みさ子

何処から来たの何処へ行くのと尋ね合う
生まれたてですとくるんだものを出す
ピアノ聞いて帰るピアノの鳴る身体
立っている棒が寝ている棒を見る
夜の電車にこどもが一人乗っている
言葉だけ先に行かせて後から逝く
歳月や四角になってゆく身体
空席にくうせきさんがうずくまる

朝陽浴びている山肌がわたしたち
「まもなくふくしま」と天から声が降る
できるようになってできないようになる
出会ってしまった親だった
人付き合いゴリラ付き合い目を伏せて
部屋の余白と争っている
カーテンらしくふるまっている
人違いしてしばらくは雪景色

考えごとしている家も木も道も

右耳を見たことのない左耳

春色の和菓子になったあなたたち

本人かどうか摑んでみてください

おはようと言った言わない言わせない

ははをちちからちちをははからすくえるか

ゆだんしていたらどこでもドアが開く

あなたがたの生きた記録はありません

「よろしく」のあとは見開く目になった

はるかより来る老人はわたしです

回収しやすい場所に座っていて下さい

ひそひそと育てる顔の無い集団

ふつうの家から出てくるふつうでない人が

全身に鉋をかけているところ

色も匂いも音も無いのよ安全よ

おそろしいものを握った紙芝居

佐藤みさ子

仏壇のような洗面所の鏡

歯を見せていたねと叱る叔母の群れ

ワタシからいつかタワシへ移行する

知らず知らず過ぎる最後の一日が

さわらないでください架空の犬だから

握手する半透明の人物と

必要なら頭部は糊で着けますよ

顔半分もらう半分消してから

しらじらと平行線が見えるでしょ

こんなところで待つと待たせる関係に

草たちの仕事大地を隠すこと

屋根はないけど雨の柱を建てている

母たちは魚だったし鳥だったし

わたくしもわたくしたちもにせものよ

満面に笑みを湛えて来る小川

浴室に古い桜の木が一本

貌が隠れるまで注ぎます鍋の水

枕並べて寝ている人は誰だろう

そらとのはらがくっついたままはなれない

何もない場所へ急いで駆けつける

あったこともなかったこともあったこと

棒高跳びの棒を買ったのどうしよう

家々はいらだちながら立っている

あおむけになるとみんながのぞきこむ

手で伸ばす空のくしゃくしゃしわしわを

二つ折りの紙にはさんである死体

空を焼くにおい私の生まれた日

すごいでしょいろとりどりの再軍備

地下三十メートルの戦争責任者

うねうねと花散るまでのすべり台

かなしいことがあって五月がうつくしい

こわれそうです本日晴天

墨作二郎（すみさくじろう）

一九二六年～二〇一六年。堺市生まれ。一九四六年、河野春三の誘いを受け現代川柳の世界へ。「川柳ジャーナル」「川柳とaの会」を経て、一九八七年「現代川柳点鐘の会」を設立、二〇〇三年から「点鐘散歩会」（吟行）スタート。句集『凍原の墓標』『アルレキンの脇腹』『跡』『尾張一宮在』『遊行』など多数。

墨作二郎といえば、次のような長律作品の書き手として川柳界では有名である。

埋没される有刺鉄線の呻吟のところどころ。

秩序の上を飛んでゐる虫のきらめく滴化

『川柳新書・墨作二郎集』（一九五八年）に収録されている。二行でひとつの作品となっていて、「川柳」という固定概念を揺さぶるような、実験的な作品に見える。自由律川柳には短律と長律があるが、作二郎作品は三十音以上あり、長律に属する。これらの作品が発表されたときの衝撃はかなり強烈なものだったにちがいない。もっとも、作二郎は最初から長律作品を書いていたわけではなく、『凍原の墓標』（一九五四年）では「凍原の墓標故郷に叛き得ず」などの定型作品を書いている。この間に作二郎はスタイルを変貌させたのである。『川柳新書』には「作者のことば」が掲載されていて、「ともあれ川柳とは（私にとって）『寛容なる広場』」と書かれている。「寛容なる広場」は作二郎の川柳観を示すものとしてよく知られている。もうひとつ、作二郎が言っていたのは、「作二郎の句が川柳ではないと言われても何ら痛痒を感じない。作二郎の句に詩がないと言われると問題である」ということ。詩性に対するこだわりがあったのだ。

作二郎は川柳におけるモダニズムを体現していた。それは堺という風土とも関連している。堺は与謝野晶子の故郷として知られているが、現代詩では「てふてふが一匹韃靼海峡を渡つて行つた」を書いた詩人・安西冬衛の存在が有名である。大連から引き揚げてきた冬衛に作二郎は少年期に出会い、冬衛の詩集をもらったそうだ。やがて彼は河野春三と出会う。春三は大阪市の生まれだが、堺市で育った。作二郎は一九四七年、春三の川柳誌「私」に参加する。

　　鶴を折るひとりひとりを処刑する

　　能面の起きあがるとき地の痛み

「鶴を折る」は作二郎の作品のなかでも難解句として有名である。一九七二年、平安川柳社創立十五周年記念大会で優秀賞を獲得した作品。

　　蝶沈む　葱畠には私小説

作二郎作品の完成されたかたちを示している句集が『尾張一宮在』（一九八一年）である。形式の冒険を経て、この時期の彼は定型における作品の完成をめざしているように思える。次々と新しいスタイルを求めてきた作二郎だが、完成期に入ったのである。定型と自由律の区別はもはやなく、自在な川柳を書いていくことになる。

その後、作二郎は一九八七年、「点鐘」を創刊する。さらに、机の上で川柳を書くのではなく、外へ出て物や自然を見て川柳を書く「散歩会」をスタートさせた。『遊行』『伎楽面』『龍灯鬼』『伐折羅』『典座』など多数の句集がある。作二郎が常に言っていたのは「これからの川柳」ということ。常に前を見ていたのだ。

埋没される有刺鉄線の呻吟のところどころ。
秩序の上を飛んでゐる虫のきらめく滴化
残酷な市街の回転だと思ふのだろう。曲動と
尖つた鼻の行方には勢一杯の諧調の騎士
雨の中に壁がある。スキャンダルのすばらし
い断層なのだろうか
砲門にもたれるアルレキンの口笛は戦いの命
令にはうららかな冬日

飴玉が転ぶとすれば環濠都市

蝶沈む　葱畠には私小説

ばざあるの　らくがきの汽車北を指す

四月馬鹿　シルクロードを妊りぬ

鶴を折るひとりひとりを処刑する

能面の起きあがるとき地の痛み

椿散華こおどり　白鳳音階図

春を待つ鬼を　瓦礫に探さねば

凍原の墓標故郷に叛き得ず

朝を開封するエレベーターの小さな約束

雲形定規の見えない悲鳴が落ちてくる

風圧が鼻先にある会合は火薬の無音

歩行する仏陀が一匹の魚を背負った

天体はフラスコの中に坐って破片

振子をはずしたままの否定が食べる

中音歌手を塗り込めた壁の舌が落ちた

表情が歩いて来たら眼帯の風景なんだな

胎生のものらやさしき価値を知る

檻の異教徒ヒトデとなれば動くのみ

針葉樹　ふと無蓋車の文庫本

円空に傾斜　ボタンをとりはずす

海に届いた運動靴は　受胎する

草紅葉　異端の耳は今川焼

絵葉書を遠く飛ばせば　修羅あかね

歩兵銃の墓より低い　多宝塔
落人の鼻のあたりの　鳩百羽
殉教のように　集まる竹トンボ
流転とや　珈琲欲しき山ふところ
砂時計　きょう一日は萌黄する
あじさいの坂で　一度は死ぬつもり
すすき原　かの飽食の絵巻物
髪洗う人の言葉の　実南天

塩の壺　一行の詩をふりむかず
いくつかのトランプの裏　亡命す
死ぬときは海を見ている　水芸師
かくれんぼ　誰も探しに来てくれぬ
藍染めの男根乾く　門前町
かんざしを買う　地下街の種明し
鉄の鈴　おたまじゃくしは旅先に
ひと抱えほどの樹に逢う　花の櫛

担送車　遠いハガキは逃げやすい

地の鴉くるりと　情事から醒める

さかな屋にある　靴下の透明度

処女膜とヒアシンスあり　せともの市

キャベツ値上り　明るい乳房つかみだす

はてしない坂が　窓から出て行った

いつも奈落の　大きな下駄に履きかえる

蟬は樹を離れて　海を見に行った

戦争展　造花の壺が置いてある

柩車発進　わがバランスは言葉もない

春になったら　橋の向こうが先ず変わる

こおろぎの夜　人形の眉を描く

正月がすんだら　猫を捨てに行く

石棺の奥にひろがる　火の輪くぐり

如来台座は夜の重心　わが泣き場所

相輪にヒロシマ覚める夏時間

多武峰絵巻　入鹿の首は飴玉ほど

椿くらがり　十二神将始まりぬ

快晴の森の記憶の阿修羅像

古代瓦表紙絵　菜の花に弾かれる

宝冠胸飾　夢の銹び色その漣

ところで君等は　三月の国語辞典

遠い時間の心が揺れる海猫屋

泥絵具塗たくり　暗がり卒業證書

防潮堤は遠い線描き　消えた松原

原子炉溶融　よもつひらさか一目散

回転する独楽　水平線を連れ戻す

熊本城崩落　遠い歴史を繰り返す

耳鳴り備忘録単調　ギニョールの反り身

二面石から蝶は旅立つ　樹の退屈

雨のついでに女神の指の悪ふざけ

蟬がもつれて名前を忘れてしまうから

浪越靖政（なみこしやすまさ）

一九四三年北海道札幌市生まれ。一九七三年に北海道新聞「読者時事川柳」投句で川柳開始。現在、「水脈」編集人、札幌川柳社副会長、「川柳スパイラル」同人、川柳触光舎会員ほか。句集に『ひと粒の泡』（一九九五年）、『発泡酒』（二〇〇二年）、『川柳作家ベストコレクション浪越靖政』（二〇一八年）。

旧姓で呼ぶと振り向くキタキツネ

浪越靖政は北海道・江別市在住の川柳人。北海道は大正末年に田中五呂八が小樽で新興川柳運動を起こして以来、独自の風土と歴史をもっている。浪越の編集する「水脈」は、飯尾麻佐子の系譜を受け継ぐ川柳誌である。飯尾が一九七八年に創刊した「魚」、一九九六年創刊の「あんぐる」を引き継いで、「水脈」は二〇〇二年に創刊された。ちなみに、飯尾麻佐子は女性川柳の先駆的存在。「魚」は女性川柳人に発表の場を提供し、大きな刺激を与えた。「魚」から「あんぐる」を経て「水脈」で活躍している女性川柳人に一戸涼子がいる。

生きはぐれ楕円のなかに孵るもの　　飯尾麻佐子

ふところに温める抹消の一頁　　一戸涼子

浪越が川柳をはじめたのは一九七三年、三十歳のとき。小樽川柳社「こなゆき」への投句のあと、釧路川柳社・札幌川柳社・旭川原流川柳社などに所属。

サラリーマンと呼ばれるひと粒ひと粒の泡

追い抜いてみてもやっぱり蟻の列

第一句集『ひと粒の泡』から。自己を対象化しながら、市井に生きるひとりの人間の姿が詠まれている。

削除キー確かに断末魔を聞いた

生き方を問われつづける発泡酒

罰ゲームまた人間をやらされる

第二句集『発泡酒』から。中年の思いを書いた句が多い。中年クライシスと言われるように、中年は人生の曲がり角。さまざまなトラブルがあり、来し方行く末を改めて考える機会となる。

日没を待ってダミーと入れ替わる

ためらっているロケットの三段目

生老病死というが、人間は冷厳な時間の法則のなかで生きている。中年からさらに先へ進んで、見えてくる風景がある。それをひとつひとつ確かめるように、浪越の川柳は書かれている。

愛人もインフルエンザもアポなしで

いま逢いに行くとポイント二倍です

巴投げ崩れの男と女かな

恋愛も川柳のテーマ。ここでも浪越は情念のドロドロを避けて、表現は軽やかだ。愛人とウイルスを等価に眺める視線もあれば、「ポイント二倍」の現代生活もあり、「巴投げ」のようにスポーツと重ねあわせるなど、さまざまな表現を駆使して詠まれている。

妖精も酒精も大事なおともだち

ジョークだというのに咲き始める桜

「重くれ」と「軽み」という分類でいえば、浪越の作品には「軽み」の傾向が強い。重いテーマを重く表現する書き方もあるが、重いテーマを軽く表現するには技術が必要だ。根底にあるのは川柳のエッセンスを現代的に再生させようという意志だろう。

北海道亜種ロマンチストでフェミニスト

旧姓で呼ぶと振り向くキタキツネ

北海道亜種ロマンチストでフェミニスト

日没を待ってダミーと入れ替わる

こんにゃくに生まれ笑いが止まらない

愛人もインフルエンザもアポなしで

ゆっくりと四の字固め解いて　朝

地獄まで後方四回ひねりかな

男もうクールダウンに入ってる

昨日までソメイヨシノと呼ばれてた

「重要なお知らせです」と黒揚羽

巴投げ崩れの男と女かな

氏素性グリコのおまけとも言えず

浪越靖政

サラリーマンと呼ばれるひと粒ひと粒の泡

大樹の陰に背骨が干してある

追い抜いてみてもやっぱり蟻の列

ラーメンライス届く企業戦士の墓

やがてロボットに消される僕の足跡

やっぱり夢だった　たてがみが消えている

春あらし旅に出たがるペンネーム

Xデーへ点火装置を確かめる

着陸態勢風船一つずつ割って

方舟を待ってる見知らぬ人たちと

生き方を問われつづける発泡酒

削除キー確かに断末魔を聞いた

寒気団居座る中年の裸体

ねじ山が切れて男の戻れない

テーピング剝ぐ　どどどっと中年

止まり木の右も左も逃亡者

液晶画面の奥の蛍を探してる

春あらし静止画像が動きだす

転生の森の点呼が終わらない

罰ゲームまた人間をやらされる

男いまV字回復始まった

右耳はタッチパネルになっている

妖精も酒精も大事なおともだち

いま逢いに行くとポイント二倍です

小指から順に別れを告げにくる

こいぶみは永久凍土ぬけだして

ジャンプ傘ふわりと夜の禁猟区

グーグルマップおやおや僕の秘密基地

愛憎のブルーチーズになる時間

冷蔵庫の奥の愛していた時間

ジョークだというのに咲き始める桜

蝶と目が合って彼岸へ誘われる

浪越靖政

引き出しの禁止用語が溢れ出す

売りことば希釈倍数間違えて

五十音順に出てくれる怨みごと

交差点ふたりにひとり愉快犯

マーキングしておく桜散る前に

下ネタをいっぱい抱え冬籠り

七十歳過ぎたらショートプログラム

男七十規定打数にまだ足りぬ

ゴミの日を忘れキミの名も忘れ

五体にも優先順位つけておく

晩年は備長炭と決めている

逆噴射できる余力は残しとく

いらっしゃいませ　こんにちは　地獄

暗闇の五体あちこち発芽して

蛸の足　一日一回点呼して

血栓が溶けていく地下鉄路線図

かぼちゃ割る軽い脳梗塞らしい

見覚えのあるゴキブリの目鼻立ち

締め鯖のみな恍惚の顔をして

谷折りにすると男に戻れない

前立腺のむかしばなしが長すぎる

糖質ゼロ　プリン体ゼロ　おとこゼロ

男いま間歇泉の待ち時間

僕たちはスイングジャズのままに老い

ためらっているロケットの三段目

決心がつくまで足湯で待っている

生き残るためのハーフ&ハーフ

ムーンウォーク帰りたい帰れない

トンネルはつづくよ逆引き広辞苑

パーティは終わった正常位に戻る

中八はみんなまとめてリサイクル

太宰治も七十五歳になりました

丸山進（まるやますすむ）

一九四三年群馬県沼田市生まれ、愛知県瀬戸市在住。五十三歳でマスコミ投句をきっかけに川柳を始める。句集に『アルバトロス』、「川柳みどり会」「川柳大学」「バックストローク」「川柳カード」元会員。現在は「フェニックス川柳会」「ねじまき句会」「川柳スパイラル」に所属。学びキャンパスせと川柳講師。

中年のお知らせですと葉書くる

句集『アルバトロス』の巻頭句である。アルバトロスとはアホウドリのこと。アルバトロスといえばボードレールの『悪の華』の詩が有名だが、フランスの詩人が空を飛ぶときは自由だが地上では不格好な存在（詩人）の象徴として使ったこの鳥を、丸山は川柳的表象として用いている。「人を信じ過ぎて滅びるとは何とも可愛らしい」と丸山は言う。ゴルフ用語では規定打数より三打少ないカップインという意味もあるそうだ。

父みたい言われて消える下心

悲しみと長いお経に耐えている

大抵のことはバナナでケリが着く

生きてればティッシュを呉れる人がいる

等身大の人間の姿が軽妙に詠まれている。若い女性に対する下心の一瞬の消滅。悲しみとお経を並列させるテクニック。バナナでケリが着くと言われれば、笑うしかないと同時に妙な納得感が生まれたりする。「生きてれば〜」という人生論的な口調をティッシュ配りに転換する「ズリ落とし」の方法。丸山の川柳は常に諷刺と笑いのバランスが取れている。『アルバトロス』の栞でなかはられいこが言った「オヤジ力」が丸山の川柳には充満しているが、その根底にあるのは「純情」だとなかはらは書いている。

父帰る多肉植物ぶら下げて

折れてくれ折れ線グラフなのだから

泣いているほうがいじめているのです

丸山が人間の姿を表層的に捉えているかというと、そうでもない。サボテンかなにかをぶら下げて父が帰ってくる。それは日常生活においてあり得る状景かもしれないが、この父はなぜ「多肉植物」をぶら下げているのだろう。日常の一コマが違和感のある不穏な姿に変容する。折れ線グラフに折れてくれと祈る人間の心情とは如何なるものだろう。いじめられて泣くのではなくて、泣いている方が実はいじめているのだという洞察。「川柳眼」というのだろうか、ふだん見えている常識的な人間認識が逆転する。

繋がった電話から出る汚染水

復興策春の七草入れ替える

白いシャツ死刑執行書に署名

クチビルを離すと彼岸花の闇

本書には丸山が「バックストローク」に発表した作品が収録されている。前の二句は丸山にしては珍しく社会性のある作品。原発や復興をストレートに詠むのではなくて、関係なさそうな事物と結びつけているのが巧みだ。後の二句では悪や闇の部分にまで踏み込んでいて衝撃的。丸山は名古屋の「ねじまき句会」にも参加、次の句は「川柳ねじまき」掲載作品。「サラリーマン川柳」は丸山によって乗り越えられている。

彼岸過ぎ三遊間が空いている

全身に切手を貼って家を出る

丸山進

繋がった電話から出る汚染水

復興策春の七草入れ替える

黒鍵をずらすカッコーの巣の位置に

ジュリアナの穴の時効が成立す

蓑虫に十二単を着せてやる

図書館は無料で息を引き取ります

犯行の前後に入れる句読点

寝坊してタイムマシンに乗り遅れ

無人島マリリンモンローノーリターン

小指から娼婦を造る試作室

白いシャツ死刑執行書に署名

クチビルを離すと彼岸花の闇

丸山進

中年のお知らせですと葉書くる
耐えているベルトの穴は楕円形
父みたい言われて消える下心
修理して余ったネジが二つ三つ
悲しみと長いお経に耐えている
マニュアルを読むと仕事が遅くなる
盗聴をしてて思わずもらい泣き
新聞を覗かれていてめくれない

売れぬ本売れない訳が書いてある
モンローの匂いが消えぬ映画館
電話では説明出来ぬ犬の顔
父帰る多肉植物ぶら下げて
オルゴール同じところで間違える
つまらない物を分母に持ってくる
信号は紫なので泣きましょう
新婦側親族全部狐顔

大抵のことはバナナでケリが着く

水割りの水の部分は真面目です

中トロと叫んだ声が裏返る

空き瓶を持ち上げ雌雄確かめる

象が好き象牙の箸を使ってる

飛び降りるところが今日も混んでいる

真剣にトイレ探しただけの街

銃声を一本締めと間違える

故郷はもう蒟蒻の支配下に

一生は永いと思うぬいぐるみ

天高く無言電話に牛の声

憲法の生きてるとこに水をやる

生きてればティッシュを呉れる人がいる

アルバムの真ん中辺は笑ってる

人間の夢の部分が不味いとこ

寝転んでいたら誰かが拝んでる

丸山進

歓声が時々挙がる蟻の穴

コンビニのおでんぼやきたてがうまい

ややこしいので馬肉だと言っておく

敬老の日にいただいた電気椅子

縦社会パチンコ玉がよく転ぶ

真ん中が三年前の歯形です

リポーター走るバナナが逃げている

私もついにオブジェの仲間入り

卓袱台をひっくり返す夢がある

筆箱を開ければ筆の派閥あり

捨て台詞吐かれ拾って追いかける

再会の果てにスクランブルエッグ

鼻声にネジ山全部つぶれてる

兵隊の位で言えばメンタイコ

折れてくれ折れ線グラフなのだから

泣いているほうがいじめているのです

彼岸過ぎ三遊間が空いている

男系の男子の先のニューハーフ

半身は椅子の形になったまま

終点でブラックバスに乗り換える

泣きながらトランポリンな人になる

灰色になって休んでいるパンダ

ユーチューブ飲んで炎上する胃壁

肩甲骨で挟む長すぎた春

ピーポーが聞こえる合唱の合間

何度でも轢かれて蛇は消えていく

泣いている自然界にはない声で

体操と新体操の差は歯茎

マネキンの解体ショーに群れる魚

色っぽいのぽいを忘れて取りにいく

腋毛も世界大戦もまだあります

全身に切手を貼って家を出る

渡部可奈子（わたなべかなこ）

一九三八年〜二〇〇四年。松山市生まれ。「晴窓」「ふあうすと」などを経て、一九七一年「川柳ジャーナル」社人。「水俣図」で「春三賞」受賞。同社解散後「縄」に所属。一九七五年「川柳展望」創立会員。句集『欝金記』。のちに短歌に転じた。

表現者がひとつのジャンルから別のジャンルへと自己表現の器を変更する場合がある。時実新子が短歌から川柳へ移ったのに対して、渡部可奈子が川柳から短歌へと移ったことは興味深い。

渡部可奈子は一九三八年、松山市生まれ。十八歳で発病した肺結核が二十七歳のときに再発して愛媛療養所に入る。一九六七年、川柳と出合い、川柳グループ「晴窓」に入会。その後「ふあうすと」「川柳ジャーナル」「縄」などを経て「川柳展望」創立会員。一九七九年、句集『欝金記』を川柳展望社から出している。やがて可奈子は短歌へ。

揶揄らしい揶揄一輪　頭の夜明け

『欝金記』の序で時実新子は「叶うなら抽象の一句で具象万句を超えたい」という可奈子の言葉を紹介している。また『現代川柳の群像』（川柳木馬ぐるーぷ）の「作者のことば」で可奈子は「川柳のことばと作者の間に隙間があるだろうか。作者のこころとことばを貫通する現実的で肉体的なものが、露わになるほど、両者の密着性が高く、大地へ達するほどの原初性を持ち得るだろうか」と書いている。作者の実存と吊り合うだけの言葉の強度の追求である。

生姜煮る　女の深部ちりちり煮る

いつかこわれる楕円のなかで子を増やす

吊橋の快楽をいちどだけ兄と

小面よ　よよと笑えばほどかれん

可奈子の作品は境涯派（作者の実人生を重視）と言葉派（作品の言語表現を重視）の両方から評価されるだけの実質をもっていた。強固な実存と詩的な言葉の両者を兼ね備えるのは至難のことである。

「川柳ジャーナル」時代、可奈子は二度受賞している。まず、一九七一年に年度賞を受賞。一九七四年には「水俣図」で第三回「春三賞」を受賞している。「水俣図」の連作はその一部をアンソロジーに掲載しているので、ここでは可奈子の資質とモティーフとが完全に一致したものとして「飢餓装束」を挙げてみたい。

呱々と祝ぐ　雪片みるみる阿国

名も闇に覚ます　十指の一匹ずつ

風百夜　透くまで囃す飢餓装束

舷に添い寝のひとつおぼえの青曼陀羅

阿国ぼかしの白き鉄瘡ゆきさらぎ裡

「飢餓装束」は阿国のイメージを用いながら自己の内面性を表現しきっている。フィクションと自己表現が渾然と溶け合っていて、可奈子の代表作と言えるだろう。「風百夜」は屹立した句であるが、この連作の中の一句として読めばさらに味わい深いものがある。最後に「ほたる」を詠んだ可奈子の短歌と川柳を並べておきたい。

豊饒のいびつに賭けて今日をかける君にも吾にも
ふりしきる蛍

あかつきはひとりのこらず死ぬ　ほたる

渡部可奈子

目覚めは哀しい曲で始まる回転木馬

生姜煮る　女の深部ちりちり煮る

姉よりさきに首級をあげるべし

吊橋の快楽(けらく)をいちどだけ兄と

まぼろしに仕えて膝をくずさない

あかつきはひとりのこらず死ぬ　ほたる

風百夜　透くまで囃す飢餓装束

小面よ　よよと笑えばほどかれん

いく夜軟体　とりどりの糸からまり

喉にからめて子盗りのしなやかな浮沈

胎児せがめば日は蒼々（さをさを）と鳴き交わす

揶揄らしい揶揄一輪　頭の夜明け

渡部可奈子

氷片を透かせば現われる像よ

抱かれて人形の目の深渕

銀河持ち帰る無帽の父として

日は西に　愛は河口にとどむべし

風よ五月　未見の橋を渡り切る

匂いって何だろうおんなの形而上学

けもの愛し合う森の灯のうすみどり

告発の指人形を踊らせる

無臭の花に溺れる時も目を閉じる

横切るは白い僧形　鷗の海

くらやみへ異形の鈴はかえりたし

鞠はずむとき兄弟が増えてゆき

致死量とおぼしき暁の真水

目撃者　蟬の破調を握っている

名も姓も放下　母性のからくりに

冷血の骨はしらしら八重咲きか

かたぐるま媚びるものらを地に増やす
象牙の馬車よみんな乗せたら灰になれ
環にかえるときは厭離の耳かざり
秋の眼の茫々として叛旗なし
いつかこわれる楕円のなかで子を増やす
球根を干す　汚れの日月やわらかに
背の釦　神の死罪を信じます
春は宥す百色の埴輪の目

あやまちの蛇直列であり通す
浴槽に翅が凍ったままの零時
眉そって神の点呼に洩れている
月夜育ちの掌も蹠もすすりなく
反る乳房　あれは柩になる樹です
死よりも迅く災天の賽を振る
あかつきはのど輪に責める　笑い面
握りしめて汗の礫を是とするか

渡部可奈子

紅葉は千の杖もて擲たれしもの
切り紙の滝より生まれくるものは
葦立てり　おのが一切握りつぶし
姉は火の海　いってんの錆なきまま
ロバ鳴いて骨肉やわらかく絡め
雪舞うや　劣性つもりつもりし末
死はこぬか　毬唄のやつれぬうち
地に水母　ほほえみは死にほかならぬ

全き齟齬　てのひら二まい生まれきぬ
溺愛まとういっぽん箸は日の蒼さ
朝はてんでに寒い共犯者を解いて
けもの死す　しかも図鑑の奥ふかく
モズ盛る　すなわち卑怯者の天
揺れるも天命　ちちははの傘を着て
絶命をこそいっぽんの水引きに
藍の天　左右の眼ゆきかうクルス

はやり阿国　はやり神楽のうかうか死す
魚のなりしておちゆく月のおさなきあたり
そこなくぐつ　そこな笑いの短かき有(う)
孵るそびらは夢似の九月あかときに
百体の橋の散り際に逢わな
あかつきは水語りせぬ朱の眠り
断絃のその後もしるき自失の樹
行きはもとより負にたけた耳飾り

枯死ときまればつまびき通すほたる狩
くちづける罌粟のさわりの苦しい節
呂律五月　火は眦にながれくる
弱肉のおぼえ魚の目まばたかぬ
（「水俣図」五句）
抱かれて子は水銀の冷え一塊
覚めて寝て鱗にそだつ流民の紋
やわらかき骨享く　いまし苦海の子
裸者のけむり低かれ　不知火よ低かれ

渡辺隆夫（わたなべたかお）

一九三七年〜二〇一七年。愛媛県新居浜市生まれ。生物学者。一九八八年、静岡の「わだちの会」に入門。京都に転勤、「点鐘の会」に入会。帰東後も「短詩サロン」「バックストローク」「ぷるうまりん」など柳俳・短詩に広い交流範囲を持つ。句集『宅配の馬』『都鳥』『亀れおん』『黄泉蛙』『魚命魚辞』『六福神』。

「人間は油断をすると、すぐ真面目になってしまう」とは渡辺隆夫の言葉である。彼の川柳は作者の思い（私性）とはまったく無縁で、諷刺性・社会性が強い。

脱ぐときの妻は横目で僕は伏目　『宅配の馬』

ちょっと見てよ死体（わたし）の焼け具合　『都鳥』

しばらくね私蛇姫すっぽんぽん　『亀れおん』

この三句について一人称の使い方を比べてみたい。一句目の「僕」は作者自身とも読めるが、二句目では「死体」に「わたし」というルビが付いている。死者の視点で詠まれており、語っているのは死者自身ということになる。三句目の「私」は「蛇姫」というキャラクターが語っている。虚構の度合いがエスカレートしているのだ。「作品＝作者の自己表現」だとか「作中主体＝作者」とかいう前提はまったく見られず、「私性」というようなものは最初から否定されている。

川柳は本来、自己表現や私性の表現ではなく、第三者の立場から人間や社会を揶揄するものであった。「私性」が問題になるのは近代川柳以後である。第三者だからこそ無責任＝自由にカラリと明るい句を詠めるのだ。一人称は作者の「内面」や「思い」を表現しやすいが、社会的な事件を批評するときに、被害者や犠牲者に感情移入してしまえば、諷刺的な句を書くことは不可能になる。「私」とは無関係であるからこそ、テロも事故も書くことができるのだ。では、渡辺隆夫において、諷刺対象はどのように作られているだろうか。

雨夜のラマダン月夜のベランダマン

現代はキャラクターの時代である。渡辺隆夫は『黄泉蛙』でベランダマンというキャラクターを作りだした。スーパーマンやスパイダーマンのようなかっこいいキャラではなく、ベランダでこっそり煙草を吸っている人畜無害で卑小な存在である。いかにも川柳的なキャラクターであろう。「キャラクター川柳」は渡辺隆夫が生み出した作句方法である。

還暦の男に初潮小豆めし

句集『亀れおん』から。「性転換」というタイトルが付いている。還暦の男になぜ初潮があるのか、読者は戸惑うことだろうが、とにかく、還暦の男に初潮があった。お目出度いといって「小豆めし」を炊いてもらった。毎月の生理という体験ははじめてだから、妻にどうすればいいか教えてもらう。隆夫は生物学者だった。ショウジョウバエを使って遺伝の研究をしていたらしい。彼は昆虫などの雌雄同体とか性の転換とかいうことを見慣れていたことだろう。それを人間に適用すればどうなるか。キャラクター川柳どころではない。隆夫は性差を超越させてしまった。女性の性の具体を男性に川柳のなかで体験させてしまったのである。「なんでもありの五七五」とは渡辺隆夫の川柳定義である。考えてみるとこれはおそろしい定義である。「それは川柳ではない」という類の枠組み設定や排除の論理が通用しなくなるからだ。

渡辺隆夫

宅配の馬一頭をどこから食う

妻一度盗られ自転車二度盗らる

カラフルに国家が来ますピピッピピッ

桃すもも咲(わら)う八千草薫さま

狛犬はオーラル遊びばかりして

国歌として青い山脈唄いたい

富士を見た人から税がとれないか

セクハラは上司のときにするものよ

飛行機のように電車も突っ込んだ

亀鳴くと鳴かぬ亀来て取り囲む

鳴くな亀故郷を捨てた甲斐がない

蓮の花二人で乗って一人落ち

渡辺隆夫

天皇家に差し出す良質の生殖器

腰のぬけしカピタンはびびりばぶるかな

脱ぐときの妻は横目で僕は伏目

家系図の中でだれかの手に触れる

満場一致で桜散ってしまう

原子炉でするめを焼いている男

おぼろ夜に馬飛び込んで大射精

服を脱がせて案山子に何をするのです

君が代にうどんはのびてしまいまする

はらわたのどのあたりからくそとよぶか

芹なずな洋子の四季の始まりはじまり

かなでは切れぬ樋口可南子かな

切れとはぷっつんぞなもし

翁きてあの世の桜撒きちらかす

体毛がぐんぐん伸びる夏休み

ちょっと見てよ死体（わたし）の焼け具合

post card

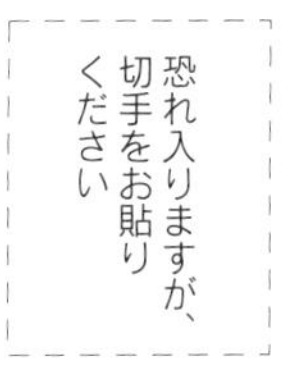

810-0041

福岡市中央区大名2-8-18
天神パークビル501

書肆侃侃房 行

フリガナ
お名前　　　　　　　　　　　　　　　　男・女　年齢　　　歳

ご住所　〒

TEL(　　　　)　　　　　　　　　　　ご職業

e-mail：

※新刊・イベント情報などお届けすることがあります。　不要な場合は、チェックをお願いします→□
著者や翻訳者に連絡先をお伝えすることがあります。　不可の場合は、チェックをお願いします→□

□注文申込書　このはがきでご注文いただいた方は、**送料をサービス**させていただきます
※本の代金のお支払いは、本の到着後1週間以内にお願いします。

本のタイトル	冊
本のタイトル	冊
本のタイトル	冊

読者カード

本書のタイトル

購入された書店

本書をお知りになったきっかけ

ご感想や著者へのメッセージなどご自由にお書きください

※お客様の声をHPや広告などに匿名で掲載させていただくことがありますので、ご了承ください。

◀こちらから感想を送ることが可能です。

書肆侃侃房　http://www.kankanbou.com　info@kankanbou.com

シャワー止めて肉片さがすこと一寸
うそ八百京都千年にはかなわん
都鳥男は京に長居せず
鳥帰るいじめられっ子先頭に
舌出して踊れ蛇ひめ亀れおん
還暦の男に初潮小豆めし
老妻に教わる月々の処置
TOTOに坐る牡丹となりにけり

芍薬は立ってTOTOしていたり
あれは一富士だったか武富士だったか
爺さんの臓器をやると云われても
お別れにお金欲しいわ夏木立
しばらくね私蛇姫すっぽんぽん
わけあって両手に妻という事態
妻二人終夜喋ればたまらんぞ
妻二人共に無口もたまらんぞ

渡辺隆夫

頭の中をチグリスは流れているか
頭がチグリスを流れちゃおしまいよ
チグリスにアザラシ　どうみてもタマちゃん
フセインを捕らえてみればタマちゃんなり
雨夜のラマダン月夜のベランダマン
シリウスも凍るベランダ喫煙所
月よりの使者まだ来ぬかベランダマン
ベランダを降りたらダライ・ラマになる

ブリューゲル父が大魚の腹を裂く
雷魚の腹から前衛がＷＯＷＯＷ
原潜ＶＳ現川　決着の時きたる
原子力銭湯へ行っておいでバカボン
全山これ昭和桜でありしかな
靖国は死んだはずだよオトミさん
八月十五日は燃えるゴミの火
おぼろ湯の人間魚雷浮上せず

乙姫社の魚語（うおご）辞典はまだ出ぬか

シーラカンスは魚気（うおけ）の多い編集長

あられ降るもしや散弾ではないか

昭和史を他山の石とはせぬぞ、御意

魚意魚意とミサイル一本また一本

魚命魚辞（ぎょめいぎょじ）、また勅語かと朕びびる

午後五時の魚は切身の値を下げる

老いらくの恋のエリマキトカゲかな

高齢者のための密通相談所

首括る前にオシッコしておこう

美しい幽霊が立つガレキ跡

ほろ酔いの母上さまに十三夜

今宵あたり十三ベクレルの月夜かな

なぁ芭おれの女にならないか

ススキさんから電話、否（ノー）だってよ

人類の誰が最後に死ぬでＳＨＯＷ

第二章　現代川柳の展開

くんじろう

一九五〇年、大阪市生まれ。一九九九年、大阪文化祭川柳賞（府知事賞）。二〇〇二年、『くんじろうの五七五』（新葉館出版）、川柳倶楽部パーセント設立に参加。二〇〇七年、川柳結社「ふらすこてん」設立に参加。二〇一〇年、詩のボクシング全国チャンピオン、川柳「北田辺」設立・主宰。二〇一九年、番傘賞、番傘本社の同人。現在、全日本川柳協会常任幹事。

くんじろうが「川柳・北田辺」という句会を立ち上げたのは二〇一〇年十月のことだった。移り住んだ長屋に「ぎゃらりい・くんじろう」の暖簾を掲げ、知友の川柳人を集めて月一回の句会をはじめた。彼は絵も描くし、料理も得意である。第二回のときのお品書きは「鶏とイチジクのワサビ風味炒め、切り干し大根のピリカラ中華風、茄子の肉みそ仕立て、冬野菜のポトフ、ボロニアソーセージ、出し巻き、枝豆」となっている。彼の手料理とお酒を味わいながら、川柳を作る。大阪弁でいう「おもろい句会」である。

兄ちゃんが盗んだ僕も手伝った

北田辺のスタートと同じ年、くんじろうは「第十回詩のボクシング」の全国チャンピオンとなった。川柳人の彼がどんな詩を朗読するのか。私は地方大会の際に聞きに行ったが、「兄ちゃんが盗んだ僕も手伝った」「そのへんの石になろうと決めた石」など、くんじろうの朗読は五七五を基本とし、聞き手の共感を得るような語り方であった。彼の川柳と詩はひとつの根から生まれたものだ。

マンドリンクラブで憩うモモタロー

百人の村人みんなガッチャマン

一句目、クラブで「桃太郎」の童謡を歌っていると も読めないことはないが、昔話の桃太郎が現代のマン ドリン倶楽部に現れたということだろう。そのギャッ プのおもしろさ。二句目、テレビのヒーローたちの住 む村があって、その村人はみんなガッチャマンなのだ という。嘘だとわかっていても笑いを誘う。

身の丈は天満五丁目立ち飲み屋

おお寒う天神さまのはぐれ鳩

くんじろうの川柳には大阪の雰囲気が濃厚である。 大阪は岸本水府や麻生路郎などの川柳人を輩出。くん じろうは落語にも造詣が深く、伝統川柳の体質をもっ ているが、それに飽き足りない部分をかかえている。 彼は筒井祥文と出会い、「川柳倶楽部パーセント」「ふ らすこてん」などで祥文と行動をともにした。東日本 大震災のときには被災者激励のために毎日ホームペー ジに絵葉書を掲載。計三六六枚にのぼり、展覧会も開 催された。

善人のぬらりとろりとした小指

ほつれ毛が三本残る処刑台

百メートルごとに唇置いてゆく

「小指」「ほつれ毛」「唇」など情緒的な方向で作句さ れがちな身体用語を衝撃力のある作品に仕立てあげて いる。

お静かに背骨が絹を吐くところ

主張せよ我は河童の子孫なり

「私の書く川柳は、私の生い立ちや育った環境から 吐き出された澱であり排泄物である」(「川柳木馬」第 一三四・一三五合併号)と彼は言う。

そりゃあ君丹波橋なら韮卵

くんじろう

外側にノブを持たない君のドア
兄ちゃんが盗んだ僕も手伝った
身の丈は天満五丁目立ち飲み屋
善人のぬらりとろりとした小指
ほつれ毛が三本残る処刑台
百メートルごとに唇置いてゆく

ご陽気なことでピンクの紙石鹸

ミルキーの箱よ悲しき小宇宙

マンドリンクラブで憩うモモタロー

百人の村人みんなガッチャマン

ぐわしっと摑んだ手首離さない

そりゃあ君丹波橋なら韮卵

くんじろう

ビタミンをひとつ見つけた文庫本
B型の血はケチャップの味がする
月明かりやはりこの手は親不孝
手紙にはもう書くものも盛るものも
溺れ死ぬ覚悟で夜の古本屋
ポケットの人差し指でジャズを弾く
ほんのりと甘い焼き芋屋の軍手
福助の泣いてそうにも見える眉

宿敵のひとりに父の名も並べ
死ぬときは死ぬというのがエチケット
きんつばを食べたな尼寺へ行きゃれ
甲冑の紐が解けたままの湖
鳳凰になり損なった鶏の足
摘みたてのトマト例えば乳房より
妹の雪を孕んだふくらはぎ
諦めぬ私に銀の蠅タタキ

牛乳を少し垂らせば方丈記

覚悟したのは間引き菜か鬣か

上弦の月か下弦の唇か

月明かり門左衛門を吐く石榴

放蕩の末満点の星を食む

梅雨明けの鼻腔に棲みついた蝗

牛革を鞣して路面電車ゆく

膝小僧抱え小籠包になる

首筋に法廷画家の白い指

兵隊になるまで樫の木を削る

巻貝は少女の舌に擬態する

竜胆の花弁棺の蓋として

奈落へと続く三ノ宮東口

玉手箱あけて明るい認知症

被告席からほろほろと散る桜

助教授が忘れた解剖室の白衣

くんじろう

歌舞伎座の裏に固ゆで玉子売り

水草の男が絡み合う酒場

手を離すまでは扇にいた金魚

おお寒う天神さまのはぐれ鳩

線香の一本分や紙芝居

幼稚園バスから埴輪一人降り

胴上げをしてやれ鈴をつけてやれ

けんけんで走るチャックを開けたまま

原液のまま聖天さん漬ける

つぶあんの少し臭ってきた真面目

梅さんと夜は七色温泉へ

一対の烏賊を吊るして半ズボン

寝返りを打つ鯖缶はあと一つ

先頭はよその子秋雨鼓笛隊

怪我人が出るとわかっていた桜

星落つる語り疲れし御伽衆

なみなみとちあきなおみを江戸切子

主張せよ我は河童の子孫なり

雷鳥の胸膨らます空気入れ

人妻を真似て雲雀は帯を解く

エプロンと買物カゴに魚の血

手触りを確かめながら母の夢

かき揚げにすれば良かったいかり肩

ウイッグをつけた仁王と射的場

割り箸は真っすぐ割れて罪深し

貴婦人の結界縛る革の紐

路地裏にアイスクリンの棒地蔵

煙突がポキンと折れた兄の空

大原女の立ち見を許す映画館

復讐に来た白鷺の舌を抜く

蓮華座に魚沼産のアナコンダ

お静かに背骨が絹を吐くところ

小池正博（こいけまさひろ）

一九五四年、大阪府生まれ。一九九七年「現代川柳点鐘の会」に入会、墨作二郎に師事。「バックストローク」「川柳カード」同人を経て「川柳スパイラル」編集発行人。句集『水牛の余波』『転校生は蟻まみれ』『海亀のテント』、評論集『蕩尽の文芸　川柳と連句』。ブログ「週刊川柳時評」。日本連句協会理事。「大阪連句懇話会」代表。

小池正博の川柳はたてがみのようなものだ。失うかもしれないもの。なくてもよかったかもしれないもの。でも、私のたてがみどう思う？　と君に話しかけたいもの。

「逢いにゆく」「君がよければ〜はじめよう」「手首を握りあう」など小池作品は君との出会いを求め続ける。でもそのまま出会えない。「水牛の余波」「川の話」「もみがらの中」など世界のフィルターを一旦通す。君に会うにはコストがかかる。

そう、世界になんらかのコスト＝変化が生じることが大切だ。「タクシーを呼べば仏教」が伝来し「瓶を倒せ」ば「匈奴が攻めてくる」。個人的なことは世界につながっている。「プラハまで行った靴なら親友だ」。私と君の距離の輝きは「プラハまで行」くことで測られる。世界も君もコストを必要とする。けれどそのコストの分、私はもっと君に出会える。

つながりは君とだけじゃない。小池作品では出会うはずもなかった言葉と言葉が組み合う。「練乳」と「ヌートリア」、「蟹味噌」と「時間の牙」、「アウト」と「阿部一族」。このわざわざ用意された出会いが現代川柳をサラリーマン川柳とは違った詩に仕立てる。「剣道の面に化粧をしてあげる」「リセットして紅葉からやり直す」。かわいい悪戯のように、わざわざそうしてみせること。「二百には二百足りない揚雲雀」とゼロでよかったものをわざわざ言葉にし「魂を描くふりを」わざわざ「して」から「鼻を描く」。そうしたわざわざが詩性川柳独特の残酷さとかわいさを生む。「あどけなく二度とは遊ばないという」「コロボックルを縛ったりしてどうするの」「こんなときムササビはよしてください」。二度とは・どうするの・こんなとき。たてがみのように状況に付け加えられてゆく何か。「処刑場みんなにこにこしているね」。残酷でかわいい詩が始まる。

たぶん現代川柳の「はじめにピザのサイズがあった」。光でも言葉でもなかった。B級テイストで、「サイズ」を好みで恣意的に変えられて、食べれば消える、丸い0のような「ピザ」から始まった。小池は「消える文芸でよいのだという自負を川柳人はどこか持っているような気がする」と書いたことがある。川柳は消える。なんにもないところへとコスト＝わざわざを通して川柳が立ち上がる。読者は小池と「右手と右手つないで登ってゆく」。登りつめたところで始めからゼロなのでそもそもが無なのだけれど、一緒に登った魔術的な思い出は消えない。「あきらめてマリモを壊す」私たちはなくしながら記憶する。思い出のコストとして。「たてがみを失ってからまた逢おう」というのはゼロになったら会えるということだ。「ライオンが捨てられている花の岸」のような場所で。私のたてがみはもうない。ライオンも捨てられている。でもその瞬間世界が花が立ち上がる。君のもとへ急ぐ。私はいつも、なにも持たずに逢いにゆく。

（柳本々々）

小池正博

水牛の余波かきわけて逢いにゆく

一度だけ見てから燃やす清姫図

はじめにピザのサイズがあった

中二階へ迫って水の無表情

廃線の枕木たちのアルタイ語

応仁の乱も半ばに仮縫いへ

都合よく転校生は蟻まみれ

君がよければ川の話をはじめよう

右手と右手つないで登ってゆく

変節をしたのはきっと美の中佐

憑依してやはりノイズは聞こえている

公家式の二行に詰めを誤るな

小池正博

雨の日は退屈だった首飾り
剣道の面に化粧をしてあげる
森閑と親しき者に見張られる
花冷えのどこまでが鳥どこからが顔
あきらめてマリモを壊すことにする
もみがらの中で手首を握りあう
たてがみを失ってからまた逢おう
リセットして紅葉からやり直す

鳥の素顔を見てはいけない
島二つどちらを姉と呼ぼうかな
プラハまで行った靴なら親友だ
調律は飛鳥時代にすみました
魂を描くふりをして鼻を描く
練乳の沼から上がるヌートリア
フルートから排卵の音がする
目印はムササビ今夜逢いにゆく

信長の耳のかたちは銃に似る

二百には二百足りない揚雲雀

あどけなく二度とは遊ばないという

沖漬けを食べたのだろう光りだす

巻き爪が痛まぬように笛を吹く

黄昏のふくろう　パセリほどの軽蔑

童謡の歌詞を直しに上洛する

東雲の足からませて二艘の舟

蟹味噌を舐めて時間の牙を抜く

カモメ笑ってもっともっと鷗外

処刑場みんなにこにこしているね

洪水が来るまで河馬の苦悩教

嫌な顔されたのだろう樹のくぼみ

紅殻のチョークで描く夜驚症

赤茄子が嫌いで家を出ていった

タクシーを呼べば仏教伝来す

小池正博

雑炊の中で動いた鳥の羽

もっと托卵ふさぎの虫は詩に変わる

ジュール・ヴェルヌの髭と呼ばれる海老の足

瓶を倒す匈奴が攻めてくる

コロボックルを縛ったりしてどうするの

いつもそうだった牛部屋のニヒリズム

レーダーが刺さった山が睨み合う

その服は鳥揚羽を呼び寄せる

通り魔よ坊やに針を持たせるな

川上で心の牛を取りかえる

肉親を全能感で傷つける

戸じまりを充分にして島流し

カワセミが出るまでニスを塗り続ける

聖九月ガチョウを連れて山を越え

琳派だろう手術痕尋ねあて

延髄の貧しき日にはエビフライ

准教授冬の遊びをやらかして

ライオンが捨てられている花の岸

アウトなど阿部一族は認めない

鹿は死に絶えシステムは無責任

こんなときムササビはよしてください

人形も人形遣いも手は紫

虫逃げて花火師次の一手なし

気絶してあじさい色の展開図

一年を孔雀選びに余念なし

坊や天保銭をあげようか

朝逢って昼は綺麗になっている

ボルジアの妹ですと言い放つ

何笑ってんだかビーナスは二色刷り

あけがたのあねのでんわにあおいあざ

蠅として入り少女として奏上

セスナ機で決済をしに来てほしい

滋野(しげの)さち

一九四七年生まれ。新潟県出身。句集『川柳のしっぽ』『オオバコの花』。

二〇一〇年四月の「第三回BSおかやま大会」において、私は石部明に「現在注目している川柳人は?」という質問をした。そのとき石部が挙げた何人かの川柳人の中に滋野さちの名前があった。「川柳では失われつつある風土が書ける」「時事性を超えて、社会性のしっぽをつかむぐらいの力量を持っている得難い個性」と石部が述べたことが印象的だった。滋野の川柳には風土性と社会性の両面が共存している。

滋野は青森市在住の川柳人、「バックストローク」「川柳カード」の会員であった。現在は、おかじょうき川柳社、川柳触光舎に所属。

米をとぐ昨日も今日も模範囚

日常性というものがある。毎日、米をとぎ食事の準備をする。それは刑罰ではないはずだが、毎日がまるで牢獄のように感じられるのだろう。何のために自分はここにいて、こんなことをしているのか。ただ模範囚のようにきちんと仕事をこなしてゆくのだ。多くの表現者と同じように、滋野の出発点にあるのは現実との違和感である。

雪無音　土偶は乳房尖らせて

小石を産んで悔いなかったか母よ
羽化してもいいか　大気は澄んでるか
杉はドーンと倒れわたしのものになる

青森からは縄文土偶が多く発掘されている。滋野は「川柳は思いの表現」と教えられた世代であって、本書には父母に対する思いの句も収録されているが、「杉はドーンと」のような爽快感、カタルシスを感じる句もある。自己探求の人生派であった作品は社会派に変貌してゆく。

本当に弾むか投げてみる祖国
戦争も蛇も見つからないように来る
一機二機と呼ぶ原発もゼロ戦も
着地するたび夢精するオスプレイ
ソマリアのだあれも座れない食卓
てぶくろ買いにシリアに行ったままの子は

内戦やテロは貧困からはじまる。十分な食糧があれば、敵対していても話し合うことが可能になる。けれどもソマリアの食卓には誰も座っていない。座ることができないのだ。新美南吉の童話「てぶくろを買いに」では子狐が人間のお店に手袋を買いにゆく。童話では無事に手袋を買って帰ることができたのだが、シリアに行った子はどうなったのだろう。

時事川柳や社会詠は「消える川柳」と呼ばれる。ためされているのは作者の主観性・思想性の強度である。諷刺対象を第三者的に眺めて無責任な立場から句を詠むやり方がある。けれども、滋野は社会詠の場合にも、そこに自己の「思い」を込めないではいられないタイプなのだ。滋野の内部に存在する人生派・社会派・芸術派の要素が互いに否定し合うことなく、作品を生み出しているのである。

滋野さち

ヒルミミズちちははタガメゲンゴロウ
スカンポを噛むつくづくと親不孝
かあさんを拾って歩く秋の暮れ
杉はドーンと倒れわたしのものになる
主権在民ヤマモモの実の小さきこと
除染できないものも作ります人は

梅青し勅語と落語間違える

本当に弾むか投げてみる祖国

てぶくろ買いにシリアに行ったままの子は

散るものはないけど幹を震わせる

地平遙かどちらが遺されるとしても

樹木葬希望　ウルシを植えて下さいね

滋野さち

ぎゅっとしてぎゅっとしてママぎゅっとして

母だった記憶が欠けていく夕陽

母のベッドにかじり残した月がある

尊厳死ざわざわ萩が揺れている

小石を産んで悔いなかったか母よ

骨拾う　女にもあるのどぼとけ

形見分けぴったり合ってまた泣いた

牛じゃないのに個体識別カード来る

ふるさと納税　返戻に老親

怖いものがなくなってきた水すまし

父さんを買いに小さなナベ持って

フキの中空なんまんだぶが満ちてくる

おしゃかさま団子が丸くなりません

雪無音　土偶は乳房尖らせて

羽化してもいいか　大気は澄んでるか

年賀欠礼　熱燗にして下さい

汚染ゴミの収集第一日曜日

原発が売れた　自己責任付きで

セシウムは無味無臭　スカシッペより寡黙

憲法と豆腐の角は欠けやすい

憲法は「愛」から始まるのがルール

戦争も蛇も見つからないように来る

一機二機と呼ぶ原発もゼロ戦も

夏が来る紫電改イチ乗員イチ

脛布（はばき）・爪子（つまご）　一揆が駆けてゆく雪野

着地するたび夢精するオスプレイ

日本軍と改名したい蟻の整列

国歌斉唱　金魚は長い糞たれて

祖国って角ばっていて言いづらい

九条の決壊箇所に積む土のう

人類も絶滅危惧種土器一片

土器深く眠る戦さのない地層

滋野さち

米をとぐ昨日も今日も模範囚

年金は鳩の領分トトとつまづく

熟れること重くなること耐えること

紅を塗る　口が耳まで裂けぬよう

妻としてリングネームを持っている

トイレから行ってらっしゃいませと言う

何一つかくせぬ夫の鼻の穴

六十歳の胴体着陸どっと火花

スマホ見るひとりひとりが無人島

夏雲や弥陀のことばを聞きもらす

「ドサ・ユサ」と縄文びとと擦れ違う

縄文の門外不出のヘソがある

納豆の箸で私を指さないで

天使の輪つけてホームは満杯です

がらんどうに餌をやったり水をやったり

茅野行く十大弟子を引き連れて

カジノ解禁国定忠治が嗤っている

王子の陰謀油まみれで洩れてくる

ソマリアのだあれも座れない食卓

友だちの友だちだから共謀罪

ヒキガエルお前テロ等準備罪

難民の遠くに浮いている浮き輪

ペットです　軍用犬に向きません

村の歴史にアザミカンゾウ土一揆

武器持たぬために両手で抱くタマゴ

孤独死の蟻の名前を知っています

除染済むまで鳴り止まぬ夕陽

ふんころがしプルプルしても踏ん張って

名月やレトルトですかナマですか

返信が遅い　死んだことにしよう

蒙古斑消えたか確かめようがない

ベンガラ塗って下さい　私の骨らしく

清水かおり

一九六〇年生まれ、高知県土佐市在住。
一九八六年から柳誌、新聞に投句を始める。
一九九二年に川柳木馬会員となる。

相似形だから荒縄で縛るよ

清水かおりが俳句界でも注目されたのは『超新撰21』（邑書林、二〇一〇年）収録の「相似形」百句によってだった。同書の解説で堺谷真人は清水の作品と前衛俳句との形態的類似を指摘している。清水の作品は世間で流通している川柳イメージとは異なって、一行の詩として読むことができる。掲出句では形の似た二つのものを縛るという。「相似形」という抽象化された数学用語と「荒縄で縛る」という日常語が一句のなかで結びつけられている。

眦の深き奴隷に一礼す

清水の作品には詩性だけではなく、批評性もある。「奴隷」とペアになるのは「支配者」「権力者」だろう。権力ではなくて奴隷の方にリスペクトを感じると言っている。清水の出身地である土佐には自由民権の気風があるし、「間島パルチザンの歌」で有名なプロレタリア詩人・槇村浩もいる。

本論と呼ぶけどそれは薊だよ

言葉と言葉の関係性が通常の川柳と異なる。「本論」と「薊」。次元の違うものを関係づけて一句にしている。抽象的には本論だが、具象的には薊なのだという。意味の伝達を主とする日常言語とは異なった詩的言語を、川柳形式で表現しようとすれば、こんなふうになるのだろう。

清水かおりの作品は作者の私性や感情表現を主とする従来の川柳とは異なる姿を見せている。けれども、清水自身は「〈「私」のいる川柳〉を書いていて、『私』から離れたことはない」と言い切っている。「書くときは一句の中のどこかに『私』がいるんじゃないかなと思っています」というのだ。

空ばかり流れ双面の兄たち

猫の死も多情なる日は美しい

即興で書くタイプの川柳人が多いなかで、清水の場合は最初のモティーフが作品として成立するまでの過程が長いのだろう。作者の体験の痕跡はもはや感じられないが、完成した作品の背後に、そのような作品を書いた個性的な「私」が存在している。

鷹だったような　ようこそ破線

美しく語るサブリミナルな私たち

「鷹」と取り合わされるのは実線ではなくて破線である。語られる言葉は人間の知情意だけではなくて無意識世界にまで届いている。

湯葉すくう「ほら概念は襲うだろ」

湯葉という日常的なものと概念という抽象語が一句のなかで結びつけられている。「概念は襲う」だけだと哲学や現代詩になってしまうが、「湯葉すくう」によって川柳にしている。というより、「湯葉すくう」という生活営為がそのまま「概念が襲う」という感覚に直結している。詩性と川柳性を兼ね備えた清水かおり独自の世界である。

清水かおり

蛇をまだ飼っているかと夏男くる
眦の深き奴隷に一礼す
空ばかり流れ双面の兄たち
首都の別れは形而上学の中
それはもう心音のないアルタイル
相似形だから荒縄で縛るよ

雨降り続く合法のオイディプス

天啓はやましい　烈しい雨にあう

猫の死も多情なる日は美しい

うたたねの椅子で揮発せよ小鳥

神の書は栞のようにわが裸体

湯葉すくう「ほら概念は襲うだろ」

清水かおり

人待ちの姿かたちと言う櫻
原料は薄暮と知って手を洗う
向かい合い深夜の海をかたちどる
ひまわり倒すとき忘却の腕へ
考える　桃の重心　桃の疵
野営のように僕達の鳥籠は
冬よりも速く灰色が来ている
月代に金魚の言葉流れあう

ふと思想　わが前髪に触れた人
桜山らんぷは逆さ吊りがよい
懇願の幇助は春のガラスから
雨後のしずくはあなたの複製か
短律は垂れる分け合う空の景
早贄の僕らのあらわなる肢よ
水滴は下へパラノイアは器へ
両眼を奪う棘の木は贈られし

薄氷のひたいとひたい生国の夜
忘恩や雨のさなかに開く花
とめどなく鳥　荒事は木のうしろ
手をつなぐ茨の支配はすみやか
噤んだ唇たとえば鉱石標本
梅園の返書をなめている姉妹
全景も境界も水でできている
鳥の名を分水嶺で失くしたの

バスを待つうわ言の木を抱えあい
展翅する父兄夫の脆きあばらを
憧れは風葬寂しき肺たちへ
イーゼル倒れ欲動が生まれる
小包は小鳥　無為をささえずる重さ
空の製図の歪を売られたし
あさがお咲かす握力の遥か
形容のすべて垂直　人逝く日

清水かおり

月柱さみしい人は車座に

雨の日の瓶の水位は君を忘れる

たてがみの痕跡の首絞めてやる

声帯をまっすぐにする寒桜

ねむってはいけない空からの寓話

睡蓮の一つくらいは首であれ

金物尽きぬ鳥の巣は具体的

蟬裏返りうらがえり堕落秘話

明滅の刃物祭りに行ってきました

視界には午後の水力　書き下ろす

眠りたりないと擬卵を売りさばく

鷹だったような　ようこそ破線

不揃いが芽吹き精緻に狂うひと

全集を揃えて兄の耳を咬む

夏あざみ　秋鰯雲　怯懦ひとこぼれ

太陽の人だからめぐりあえない

梅林の誰がころした蛇だろう

息とめて返却をする茜山

そらまめと言ってみて怖いものなし

冷える二月の舌骨を引き上げろ

空を見て両手を離すこと話す

群衆に実を落としたり膨れたり

少女来て猛禽のくちまねをする

ひだり肢　水生植物だとおもう

兄たちよ冷厳な影になるのね

本論と呼ぶけどそれは薊だよ

肘までを韻律にして蟹を食う

群青なのでフェチという言いぐさ

瑠璃揚羽こっそりもらう磔刑図

美しく語るサブリミナルな私たち

寒くない?プレパラートは革命残渣

比喩の巻　耳のかたちをこえてゆけ

筒井祥文（つついしょうぶん）

一九五二年〜二〇一九年。京都市生まれ。一九八一年、川柳句作を開始。「都大路川柳社」の解散後、二〇〇二年「川柳倶楽部・パーセント」を設立。「バックストローク」創刊同人。二〇〇七年、川柳結社「ふらすこてん」を設立し、十年を経て解散。句集に『筒井祥文集』『座る祥文・立つ祥文』。

ご公儀へ一万匹の鱏（えい）連れて

時代劇に出てくる「ご公儀」だが、時の政府ということだろう。そこへ「一万匹の鱏」を連れて行くのだから何らかの抗議行動らしい。「一万匹の鱏」は川柳によく見られる「誇張法」。そもそも、抗議される政府、抗議する大衆という図式をこの句ははるかに超えている。抗議される方が悪で抗議する方が善というのでもない。立場はいくらでも逆転するし、何が正しいかも不明確な現代社会である。そのような世界の中で、いっしょに連れていくとしたら鱏しかいないのではないかと思わせる奇妙な説得力がこの句にはある。

カッポレをちょいと地雷をよけながら

一読して分かりやすい句である。人を食ったようなところもある。実景というより、ある状況をとらえているのだろう。地雷地帯で本当にカッポレを踊る者はいない。危機的状況に置かれても遊び心を失わない精神の姿勢。「首が飛んでも動いてみせまさあ」というところだろうか。ウソを現実のように見せるやり方だ。

弁当を砂漠へ取りに行ったまま

出ていったまま、いつまでたっても帰ってこない人がいる。煙草を買いに行ったまま帰ってこないなら演歌の世界であるが、なぜこの男（女でもよいが）は弁当を砂漠なんぞに取りに行ったのか。よく考えてみると変な状況である。そこで読者は「なんだ、これはウソの世界だったのか」と気づくのだ。弁当をとりに行った男がその後どうなったのか心配する必要はまるでないが、人がいなくなったヒヤリとした感覚は妙に心に残る。

祥文はなぜこのような句を書くのだろうか。もともと彼は伝統派の川柳人に近いところから出発した。「川柳が文芸である以上、オリジナルでなければならないことは当然です。しかしそれは句材が古いものは総てダメだということになりません。逆に古くても句として立ち上げ得るから文芸なのです」（「ふらすこてん」十三号）

はやらない旅館がむかしあった坂

どうしても椅子が足りないのだ諸君

「はやらない旅館」は単なるノスタルジーではないだろう。川柳において「伝統川柳」の体現者がいるとすれば、彼は最も現代的でなければならない。祥文はふと観客をいじってみせる。「どうしても椅子が足りないのだ諸君」と。

第二芸術論に対して高浜虚子は「俳句もようやく芸術になりましたか」と述べたという。第二芸術論の際に取り上げられることすらなかった川柳は、これまで芸術になろうと必死の努力を続けてきた。川柳に「詩」を導入したり、「私」を導入したりするのはその証である。けれども祥文は平然として言い放つ。

オヤ君も水母に進化しましたか

なら君は文学論と情死せよ

筒井祥文

どうしても椅子が足りないのだ諸君

ご公儀へ一万匹の鱏(えい)連れて

弁当を砂漠へ取りに行ったまま

めっそうもございませんが咲いている

こんな手をしてると猫が見せに来る

人魂が今銀行へ入ったが

夕焼けが城を正しい位置に置く

殺されて帰れば若い父母がいた

カッポレをちょいと地雷をよけながら

再会をしてもあなたはパーを出す

オヤ君も水母に進化しましたか

なら君は文学論と情死せよ

筒井祥文

暗き夜を暗く吉本新喜劇

公園をはみ出してゆく滑り台

花屋も閉めた白薔薇を売りすぎた

名刀は芸術品になり果てて

いつも硝子は割れようと思っている

追伸のそれは見事なジャズである

はやらない旅館がむかしあった坂

そういう訳で化物に進化した

ボロボロになったものなら信じよう

考えているほどそれも白くない

真夜中の間違い電話から苺

この雨がフィクションならばなおのこと

栗咲いてセールスマンは尾根づたい

本名をハリマヤ橋で誰か呼ぶ

絶景に吸い込まれたと言うことに

タンポポの挿絵を描いてさようなら

ラ・クンパルシータで蜘蛛が登場
有りもせぬ扉にノブを付けてきた
木で暮らす男の知恵を借りにゆく
半分は嘘半分は滑り台
沖にある窓に凭れて窓化する
アホらしいことでしたケンケンで帰る
譬えばの崖から落ちる五分前
省略はいずれ他人がしてくれる

左ト全の歯並びを憶えている
ひとさまを斬った刀は職安へ
弁当をパッと開けると村祭
午後四時を括ってみれば余る紐
再会はお城が繭になる頃に
天国の破片は出土しましたか
王様の笑顔は花で蓋をして
コーヒーを淹れて情事は暗号に

夜景へ三度「カマイタチ」と叫ぶ
手袋の形で落ちる夢十夜
裏向きの美女　R氏のエラーです
図書館に裸で人がいるとして
煙草の先に燃え残る金閣寺
動議あり馬の眉間へ馬を曳く
軍艦で行くにはちょっと浅すぎる
何をおっしゃる別腹がございます

正しいと思うところに鼻をおく
哲学の道にうっかり出てしまう
何ひとつよこさぬひどい白だった
おやここに把手が付いている美談
大学の教授くらいは出来そうだ
人としてキリンの下を通ります
さてそこのざっくばらんな化石たち
伝説の幅を計れば二寸五分

履いている靴まで捨てて何をする

帽子屋はギリシャ上空まで飛んだ

大きなことを小さな文字で書く人だ

美しく千利休に蓋をする

出かけよう潜水艦が待っている

吊るされた仁王は機能しているか

だんだんと鳥居になってゆく並木

いじわるは初音ミクちゃんやめてんか

歳時記の向かいに自動販売機

暗闇のふくみ笑いを聞いたよな

風船の成長がまだ止まらない

何となく疲れて海に腰かける

食べたのを鹿が見ていたかもしれず

寝転んで一人で笑うのが仕上げ

結局は最高裁に叱られる

ハンカチを三度振ったら思い出せ

中西軒わ（なかにしのき）

一九四七年、愛媛県生まれ。二〇〇三年、「せんりゅうぐるーぷＧＯＫＥＮ」入会。二〇一二年、「川柳カード」会員。二〇一七年、「川柳スパイラル」会員。

松山は「俳都」と言われ、正岡子規の出身地であるだけでなく、近年は「俳句甲子園」で盛り上がっているが、実は川柳も盛んな都市なのだ。前田伍健という人がいる。伊予鉄道につとめていたが、野球拳の創始者としても知られている。彼は高名な川柳人であった。

なんぼでもあるぞと滝の水は落ち　　前田伍健

この伍健の名をとった「ＧＯＫＥＮ」という川柳グループが松山にある。代表は原田否可立。吉松澄子や高橋こう子、中野千秋、井上せい子など、個性的な川柳人たちが集まっている。中西軒わもその一人だ。

ネアンデルタール人の緑肥からプリン体

プリン体は人間の体内から排出されるから、ネアンデルタール人にもあったのは間違いないだろうが、この発想には驚かされる。時間を超えて過去と現代とがこの句の中で一挙につながっている。

がばなんす歯周紀ミダスわがえいりょう

中西軒わは言葉遊びの名手である。「歯周病」「思秋期」「ジュラ紀」ではなく「歯周紀」にしている。ミダス王は触ったものが金にかわってしまう王様で、「王様の耳はロバの耳」でも有名。「わがえいりょう」は「我が英領」とかいろいろ当てはめてみたが、松本清張の小説『砂の器』の主人公・和賀英良（映画では加藤剛が演じた）ではないか、などと考えると楽しい。言葉遊びは雑俳や狂句でよく用いられたが、中西軒わはそれを現代的に再生させて書き続けている。どういう発想やプロセスを経てこのような句が生まれるのだろうか。

ジクジ樽をシリメにしゃんぶれらだわ
卍りとリスペクトらりツァラツァラリ

意味性の破壊という点で注目される。日本の詩歌には言葉遊びの長い伝統があるから、これらの作品が詩の歴史とまったく無関係に作られているわけでもない。言葉と言葉が意味のつながりではなくて音の連想でつながっている。中西は話し言葉の語調によって軽やかさを出している。けれども、発想の根底に「意味」が全くないかというと、そうでもなくて、「ジクジ樽」には忸怩とした思いがいっぱいつまっていて、それを思い切り吹き飛ばしているのだ。

上九一色平成沼に消えたクマタ狩り

諷刺や時事は川柳の武器のひとつである。平成の終わりに当たって過去の事件を振り返っている。「上九一色村」の記憶は風化してゆくが、この句で手がこんでいるのは「上九」を「上五」の字余りととらえて「クマタ狩り」（句またがり）に繋げているところだ。諷刺と言葉遊びがアクロバティックに両立している。

弗箱のトルバドゥールをすべりひゆ
酔いどれトレーひえだのあれの食い込んで

中西の句は言葉遊びと言語感覚のおもしろさで、読者を楽しませてくれる。「弗箱・トルバドゥール」や「酔いどれ」「稗田阿礼」の結びつき。「軒わ」というのも考えてみれば風変わりな名前だ。

月光をよじのぼろうとしてますの
むずがるときは両替してらっしゃい
源泉かけ流しせんりゅうトワイライト
レム・ノンレム・リーベディッヒイッヒヒ
ネアンデルタール人の緑肥からプリン体
（胃酸）対（おふくろさん）のキミエホワイト

ほなドッペルゲンガーへ潜りますんで

がばなんす歯周紀ミダスわがえいりょう

義姉さん、いまどこ?貞操帯を過ぎたわよ

上九一色平成沼に消えたクマタ狩り

弗箱のトルバドゥールをすべりひゆ

タピオカにフラペチーノっとられたり本能寺

中西軒わ

平家の公達・紺ドームは持って行きなさい

バツ悪くベサメムーチョを撥音便

エリーゼのために婚活疲労外来

ルールブレイカーに手ぐすね引かせますから

三日月を絞り切ってからのことやね

立夏のアミコラらじるらじる

智恵子の空から直葬の廃炉

足首美人を引っ張るセカンドオピニオン

ネガポ語はR指定って言ったでしょ

さつまきりこの血道をあげるズッキーニ

このあのそのが巻き爪を育てるらしい

かばってすらくれないO脚慕情

10倍ポイントを毛玉だらけにしておいた

青短赤短メスはすべってしまうだろう

零落のことわり落胤のおことわり

さみだれはむしろナ変とうくらいな

けだしとも蟻ころしとも海市とも
きんぽうげ科のめくじらたてるＹ切片
胴体は型にまみれた吉備真備
李氏王朝のふくらはぎ揉まなくちゃ
土用三郎に後発薬品ありますか
ビンゴッ間諜用のフィンガーボール
禁門の変で貰ったテニス肘
さば娑婆さば娑婆ポグシポ蜜柑ジュテ

うらおもてのないひとは孤高にはなれません
羊膜のなんちゃやないけん、かんまんけん
友引のクロゲマリアの通夜通夜
逆算してフランチェスコを割り出した
ピエタのお嘆き臨界は北叟笑むなり
あいみてのヘリコバクターロマンシエ
舌下には邪心ムースがさかまける
アイアンの契ルルかんばせいしょんず

中西軒わ

鼻筋をサンコノ霊が踏み均し
肉18　ざくろざくろがくらいつく
毛皮革命ひとよトベリテひとみごくう
つきましては竜舌ビデ波桃尻葉
ひとかどのゴサンネンのエキ鬼北町
マッチ擦る労女　農水藪草少将
ジクジ樽をシリメにしゃんぶれらだわ
むくつけきロマネコンティの暮れっぷり

鰈の煮付けコンテンポラリばくにつけ
卍りとリスペクトらりツァラツァラリ
他動詞のアスタキサンチン膣外へ
とざまふだいのヒトジチはお吸いくだされ
ゲシュタルトやにわに南大門南大
イ彩キ彩シ彩チ彩ニ彩ヒ彩ミ彩
デシにおびんずるミリのリットル湖
完膚なきジェンダーレス丈スカート

さくらのせいえきへいえきバラード第一番
オイレンは酸にソダネをヒ素政所
いころす兆ステーキ風情寿司風情
沈香はまだんのしゃしゅの苫屋こそ
会陰切開でR　ゴヨーアラタメでR
りゅうぐうに掠め採られたメラト人
セイキかいきんザ質草サバイバー
ズ・ロース御亥新とんでもシャトーブリアン

詩的流用なら禁色ラーポエーム
とまとうあつま白物家電黒物家電
公式に沿わずに朱雀トルネード
酔いどれトレーひえだのあれの食い込んで
ただし、不比等らドレスコードレスとする
すわやトレーナー令夫人呼ばわり
トレーラーれいわでこるて・ろーぶるて
カランコロン水着ゾーンは擬幼生

なかはられいこ

一九五五年、岐阜県生まれ。朝日新聞「東海柳壇」選者。著書に『散華詩集』（川柳みどり会、一九九三年）、『脱衣場のアリス』（北冬舎、二〇〇一年）、『くちびるにウエハース』（左右社、二〇二二年）、編著『大人になるまでに読みたい15歳の短歌・俳句・川柳』（ゆまに書房、二〇一六年）、共著に『現代川柳の精鋭たち』（北宋社、二〇〇〇年）。

泣くもんか第三埠頭倉庫前
記録的涙のあとの鮭茶漬け

「泣く」とか「涙」を詠んだ句だが、暗さは感じられず、むしろ元気が出るような作品である。自分自身への応援歌とも言える。それまで演歌的な作品が多かった川柳の世界で、なかはらはポップス系川柳の書き手として登場した。

開脚の踵にあたるお母さま
よろしくねこれが廃船これが楡

開脚の踵にあたるものは何か。それは読者の予想をはるかに超えている。「よろしくね」の挨拶。「廃船」と「楡」の取り合わせも絶妙だ。

第二句集『脱衣場のアリス』には「なかはられいこと川柳の現在」という座談会が付いていて、川柳から石田柊馬・倉本朝世、短歌から穂村弘・荻原裕幸が参加している。句が掲載されているだけの川柳句集が多いなかで、句の読みや評価が語られていて、歌人にも興味を持たれたようだ。

バス待っているの点滅しているの
鉄棒に片足かけるとき無敵

「バスを待つ」という状況は川柳でよく見かけるが、なかはらは「不安」や「怨恨」の情念ではなく「点滅」をもってきた。鉄棒の句には少年・少女に戻ったような爽快感がある。

二〇〇一年四月、なかはらと倉富洋子の二人誌「WE ARE!」が創刊される。二人の作品だけではなく、歌人・俳人・川柳人のゲスト作品が毎号掲載され、作品の読みにもページがさかれている。「WE ARE!」は五号で発行が止まったが、川柳誌のひとつの先駆的モデルとなる。このころのなかはらには川柳文芸が衰退してゆくことに対する危機意識があった。二〇〇〇年代のはじめに彼女が行ったフリマや朗読はその打開策のひとつだった。

　ともだちがつぎつぎ緑になる焦る
　代案は雪で修正案も雪

　無花果と柘榴どちらが夜ですか

なかはらは名古屋で「ねじまき」句会を開催している。句会自体は二〇〇〇年代のはじめから続いているが、二〇一四年から「川柳ねじまき」が発行されている。第一号には彼女のほか、荻原裕幸、丸山進、瀧村小奈生、八上桐子、米山明日歌、青砥和子、二村鉄子、魚澄秋来などの作品が掲載されている。

『15歳の短歌・俳句・川柳』(ゆまに書房)は短歌・俳句・川柳を等しく収録したアンソロジーである。その第3巻「なやみと力」をなかはらは編集している。

二〇〇一年九月、アメリカの同時多発テロが起こった。「WE ARE!」三号に掲載された次の作品は川柳の時事句を超えて、広く短詩型文学の読者の記憶に残るものとなっている。

　ビル、がく、ずれて、ゆくな、ん、てきれ、いき、れ

なかはられいこ

泣くもんか第三埠頭倉庫前
うっかりと桃の匂いの息を吐く
開脚の踵にあたるお母さま
記録的涙のあとの鮭茶漬け
げんじつはキウイの種に負けている
回線は繋がりました夜空です

朝焼けのすかいらーくで気体になるの

鉄棒に片足かけるとき無敵

よろしくねこれが廃船これが楡

バス待っているの点滅しているの

行かないとおもう中国も天国も

ビル、がく、ずれて、ゆくな、ん、てきれ、いき、れ

なかはられいこ

みるみるとお家がゆるむ合歓の花

たそがれに触れた指から消えるのね

持っててと言われて持っているナイフ

おぼろ夜のくらげのからだ手に入れる

起立して冬のチャイムを待っている

足首にさざなみたてて生家かな

にくしんが通る網戸のむこうがわ

神さまはいてもいなくてもサクラ

日の丸やペープマットの小さな灯

曇天の小指ひくひくして困る

ぼくたちは心理テストの中の樹だ

タンカーをひっそり通し立春す

曲がりたい泣きたい中央分離帯

ドアノブに雌雄があって雪匂う

バス停でまばたきしてはいけません

ほしいほしいナイフに映るものぜんぶ

ちゅうごくと鳴く鳥がいるみぞおちに
空と犬とちくわが好きなぼくの女神
二秒後のワタシに水の輪が届く
母さんはすでにここまで紅しょうが
約束を匂いにすればヒヤシンス
緑と白の境が葱のなきどころ
うがいするまだらな音を出しながら
おふとんも雲南省も二つ折り

ひっぱればほどけるははとははのはは
いもうとのため息パプアニューギニア
母笑う鳩や汽笛をこぼしつつ
あいさつか冬の花火かわからない
おや指とひとさし指で広げる空
偶然というのは鳥でやはり羽
おぼろ昆布を巻けばわすれる
黄身つぶす派のひともいて冬の空

なかはられいこ

空が来て何を書いてもいいと言う

非常口の緑の人と森へゆく

いっぽんの雨を握っているのです

むちゃくちゃでございますると萩が散る

おどろいて通天閣になっている

やくそくの木綿豆腐を持ったまま

あきらめて人のかたちにもどる影

鯉が来て鳩が来て広東語をしゃべる

百人の腹筋ゆれて冬野原

しいたけの襞から愛のようなもの

いとこでも甘納豆でもなく桜

ともだちがつぎつぎ緑になる焦る

こんなときだけど鳩の脚ピンク

代案は雪で修正案も雪

きんかんとぎんなん次男と長男に

ふくろうとまめ電球が鳴き交わす

無花果と柘榴どちらが夜ですか

「と」にするか南瓜炊けたか「を」にするか

東京のキョでいっせいに裏返る

完璧な春になるまであとひとり

如月のはたらく空とはたらく木

春だねえ杏仁豆腐のにんのとこ

鉄塔は鉄の頃からさびしがり

お願いをかたちにすればえのき茸

くちぶえとさざんか急に降ってくる

あいさつの終わりにちょっとつける雪

サボテンに赤い花咲くそうきたか

よく晴れていちいちあの人らしい空

かろうじてキーホルダーの鳥の青

雲ほぐす手つきそのまま冬木立

助手席に座るちいさな波がしら

ちょっと死ぬ銀杏並木の途切れ目で

野沢省悟（のざわしょうご）

一九五三年青森県生まれ。一九七六年川柳入門。一九七八年かもしか川柳社幹事。一九八四年第十二回青森県文芸新人賞受賞。二〇〇三年川柳双眸社創立、代表。二〇〇七年川柳触光舎創立、現在も主宰。著書に評論集『冨二という壁』、句集『野沢省悟集』『野沢省悟句集 60』ほか。

とんぼ死す目玉に百の空残し

ほしいのだ猫のみつめている空を

テーマは「見る」ということ。見ている対象は空だが、見ている主体は人間ではなく蜻蛉や猫である。蜻蛉の複眼（末期の眼）には百の空が映っている。後の句は少し複雑で、空を見つめている猫を人が見つめている。こういう眼が人間を見たときはどうなるか。

人体にある凸凹を美女という

産声がまだ喉元に残っている

青春のこれがいちぢくかんちょうで

野沢は人間の身体の生理的機能と向き合う作品をしばしば詠んでいる。肉体をもった存在として人間がとらえられているのだ。人間は生まれ、生殖や病気を体験して最後に死ぬ。そのことにどう向き合うか。美女に対する通常の情緒的・審美的とらえ方とはずいぶん違うし、青春についてもロマン主義とは対極にある浣腸を取り合わせている。

うっかりと拾った神様の恥毛

コーヒーカップの性感帯に溶ける雪

ヒトの生殖機能を冷徹に見据えている。破礼句（ばれく）と言われる作品があって、セックスを詠んだり卑猥なことを敢えて表現したりする。川柳には『誹風末摘花』の伝統があり、性的表現は一概に禁じられてはいない。野沢の作品は卑猥な笑いをねらった作品とは次元が異なるし、そのための工夫もされている。

野沢は青森の川柳界にあって、「かもしか」「雪灯」「双眸」「触光」などの柳誌を通じて発信を続けてきた。青森の先輩川柳人に杉野草兵や高田寄生木がいる。評論集『極北の天』『冨二という壁』も発行している。

木は動かない動かない光を浴びる

雪の音あつめてひとり対ひとり

よごれ切るため白蝶の白ひらひら

自然を詠んだ句もある。青森の風土が背景にあるのだろうが、「風土川柳」という感じはしない。普遍的な光景である。

菜の花の菜の花でないくりとりす

野沢の作品のなかでも冒険をしている句だろう。自然と人間がダブル・イメージでとらえられている。ただこういう作品が男性の視線で詠まれているのは事実なので、読者によって評価が分かれるかもしれない。

おしっこをするたび法蓮華経かな

女人ひとり全身ほとにして仏

「おしっこ」「ほと」という言葉を使っている。俗性と宗教性（聖性）の落差、というより俗性即聖性という作者の人間観が表れている。

野沢の作品には意味性の強度のきいた言葉を使うところに川柳性を感じるが、その根底には作者の人間観が横たわっている。野沢と交流のあった青森の俳人・成田千空は「川柳は俳句を革新したもの」と言ったそうだ。

野沢省悟

とんぼ死す目玉に百の空残し

水を吸うたび母を産みつづける蛍

さめざめとわが胃袋の絵を描く

木は動かない動かない光を浴びる

雪の音あつめてひとり対ひとり

よごれ切るため白蝶の白ひらひら

おじさんとおじいさんとのあわいの虹

人体にある凸凹を美女という

ゆく河の流れは原発の汚水

ほしいのだ猫のみつめている空を

ふらいぱん舟になろうとして困る

産声がまだ喉元に残っている

野沢省悟

ハンカチを999回たたむ春の唇

紙の魚千匹作り燃やす夕暮れ

牛乳をあたためている妻の髪

光年の雪降る　瞳から瞳

吹雪かれて吹雪いて胡桃一個きり

猫の夢のつづき春の雪のつづき

りんごの芯からぽんと花火の音がした

ポプラの木子を産みし犬子を喰う

かまきりの影大きくて海見えず

虹を売る屋台を一緒につくりませんか

この世からあの世へつづくラーメン屋

うっかりと拾った神様の恥毛

断崖は肉体である昼の闇

片栗はいやよいやよと咲いている

ほどかれて枯葉の裏にあだむといぶ

破水したマリモを抱いている吹雪

髪抜けるたびに太宰の雪が降る

おまんこをふと正月と思うかな

青春のこれがいちぢくかんちょうで

股間に象を一匹飼っているのだが

あいいだくむなびれにまい雪のやみ

コーヒーカップの性感帯に溶ける雪

うなじは魚ふいに泳いで行ってしまう

ほんとうはやわらかい便器の白

今生のちぢれ具合を見て下さい

雪より白い女を抱いた地蔵さま

阿部・定の摑みそこねた春の雪

こんにゃくが骨を求める桜闇

睾丸はゆるくはばたく桃の花

桜桃忌カリリと耳朶をかまれた　水色

桃を剝く夜がはがれてゆくように

人間五十年大根を抜いた穴

野沢省悟

目尻の皺をりぼん結びにしています

ぱんつからはみでるものがなくなった

以下略すことにトイレのスリッパは

スプーンの曲線に指すべらせて

棺桶の真中辺にある色気

みつめて　尼僧を一匹創り一匹殺し

くちびるのなかにさすらうくちびるが

枝豆の微笑を食べていいものか

触れてくださいときに発熱する茗荷

枯芦原くちびるひとつ火と化して

じゃが芋ににじむ色気をどうしよう

吊革に棲む罪深き亭主たち

おしっこをするたび法蓮華経かな

枯葉にあらずわが愛欲の形として

白鳥飛来自愛のおなら音なしに

可燃物のあなたとわたし遠雪崩

風花や指からはじまるストリップ

春のパセリいっしゅん妻子を忘れし手

菜の花の菜の花でないくりとりす

所々穴が開いてるのよ夜桜

昔、貝だった記憶さくらんぼは嫌い

すれちがうことなきひとに百合ひらく

の、ようなトマトななめに切っている

うろたえるなんてめろんをもてあそび

襟足におじさん蟬になろうとする

とまとの種舌に遊んで老い少し

煮くずれた鰈の姿雪あかり

魔の抜けた妻と間の抜けた夫

わりばしをわるしゅんかんのけものたち

そうめんの干からびてゆく快楽かな

女人ひとり全身ほとにして仏

ジュラ紀の頃のあなたとわたしだとしたら

畑美樹（はたみき）

一九六二年長野県生まれ。「川柳スパイラル」同人。「川柳 Leaf」同人。「バックストローク」編集人（二〇〇三〜二〇一一年）。句集に『雫』『畑美樹集』。アンソロジー『現代川柳の精鋭たち』に参加。共著『セレクション柳論』。

こんにちはと水の輪をわたされる

体内の水を揺らさず立ちあがる

水は畑美樹の原イメージである。地球自体が水惑星だから世界は水で満ちているし、水は人間の体内にも存在している。世界から水の輪を渡されたり、体内水位を感じながら水を揺らさないようにそっと立ち上がる。水のイメージで外部と内部がつながっている。

恋人と陶器売場で見る夕日

恋人よ私は月が沈む場所

第一句集『雫』から。恋句である。畑美樹は伊那在住の川柳人。伊那は漂泊の俳人井上井月ゆかりの土地である。畑の案内で井月の句碑めぐりをしたことがある。彼女は六道の堤の斜面を苦も無く駆けのぼった。自然人なのだ。この土地へ男たちは外部からやって来る。伊那谷の母系制社会のなかにやってきた漂泊者を女たちは受け入れる。

君は何族と聞いてくるマリア・カラス

第五十五回玉野川柳大会（二〇〇四年）で特選をとった句。「族」という兼題だった。「君は何族?」という問いがある。私たちは部族社会に生きているわけではないが、自分がどのような種類の人間かを改めて問われるとドキリとさせられる。この先鋭な問いを発しているのがオペラの歌姫であるマリア・カラスだから、句の陰翳は深まる。芸術をめぐる問いかもしれない。

朝蟬の中へ差し出す両手首

縄文を問う耳たぶの薄明かり

川柳でよく使われる身体用語。ここでは手首と耳たぶだが、手首が朝蟬の鳴く世界へ差し出されているのに対して、耳たぶは過去の縄文時代へと遡ってゆく。空間・時間の広がりが具体的な身体を通じて感じられている。

足うらに月を浮かべて会いにゆく

口開けて月の重さを浴びている

はんぶんは月でしたねという訣れ

月の句が多い。月は足裏や口の身体感覚と結びついている。かつて「私は月が沈む場所」と詠んだ畑が今では「はんぶんは月でしたね」と言う。月のモティーフの変遷。もう半分は「現実」だろうか。畑美樹はけっこうリアリストである。

「意味よりもほんの少し前に」(セレクション柳人『畑美樹集』)という文章で畑美樹は「意味がやってくる前に伝えられるもの。それは一体なんだろうか」「コトバが意味を伝えてくるよりもほんの少しだけ前に、何かが届いてしまう、そんなかんじ」と書いている。意味より前にやってくるものと言うならば、それは音やリズムや感覚だろう。私は畑美樹を川柳における感覚派だと思う。川柳は理知によって書かれることが多いが、彼女の作品の成分は感覚なのだ。言葉以前の感覚にこだわる畑美樹の作品はとても新鮮である。

風立ちてインドのかたちして眠る

畑美樹

こんにちはと水の輪をわたされる
体内の水を揺らさず立ちあがる
目を閉じる風のまんなかはここだ
まっすぐに返すそらいろの音叉
からだからこぼすみずいろの重力
君は何族と聞いてくるマリア・カラス

朝蟬の中へ差し出す両手首

入り口はちいさくへこむものだから

縄文を問う耳たぶの薄明かり

水の街静かに匙は上下して

ぞろぞろと蟻の穴から帰る月

風立ちてインドのかたちして眠る

畑美樹

かがやいてうつむいている竹のざる
ゆっくりと美しくなるドラえもん
触れ合ったところが月になっていく
明るくなるのにじゅうぶんな曲がり角
恋人と陶器売場で見る夕日
幸せは猫の目覚めを待つように
恋人よ私は月が沈む場所
骨格を見せてしばらく立っている

ぜんまいを巻く列島に腰かけて
片方の肩でアジアを押している
うっすらとリズムを刻む食器棚
あなたからもらったたった一枚の舌
つつがなくゆでこぼされる青い水
夕立ちの跡です背骨ではなくて
正確な円を描いて振り返る
指五本そろえるように暮れていき

夕暮れの淵を覗いているお碗
薄墨のほうにてのひら傾ける
みずいろをぎゅうぎゅう詰める左胸
ていねいに絞る右腕のあたり
しんがりをゆくコオロギの声色で
朝方の渚あるいは父の部屋
雨の日をただ待つ象の腰あたり
目の奥をかすめて月は欠けてゆき

満月のパナマ運河の影ふみあそび
折り鶴の向こうに続く背骨あり
プルリング一回きりの青を買う
足うらに月を浮かべて会いにゆく
両足をそろえて見つめ合うカラス
お豆腐の一部始終と糸の月
お醤油をすこし焦がして国の端
夕暮れの腕（かいな）を洗うひとしきり

畑美樹

うしろ手に持っている陽水の声

ふところに周回遅れの土星

雲梯をふわりと越えて波になる

納豆にからまりながら秋津島

てっぺんにやわらかいもの載せている

口角をそっと行き交う月の道

背骨から少しでている猫の舌

坂道の途中で生まれたのだから

口開けて月の重さを浴びている

毛穴からいちにのさんで吐く夜空

お品書きのひとつに啄木の砂

一族に蝶々の粉ふりつもる

千代田区の朝顔遠出しています

川底は静まりかえる立国す

猫の爪押し出している蓮華雨

骨ですと集まってくる十七字

ひといきれ誰のためでもなく笑う
麦の秋百人がいて百の首
聞き耳を立てているのはふくらはぎ
あんこを炊いて国々という文字の列
直線が泡立つ先を見に行こう
急上昇してあご先をつかまえる
咲くようにいなくように会うており
残月や古書店の床透きとおる

はんぶんは月でしたねという訣れ
ソプラノはあふれ続ける八月尽
木犀香る人のかたちを引き摺って
内側へ静かに進む象の鼻
まなうらの一直線を抱かれよ
まなかいにそっと忌野清志郎
夕立ちをかすかに光らせる左辺
一滴のこだまを抱いている左辺

松永千秋（まつながちあき）

一九四九年生まれ。福岡県出身。人間座、バックストローク、川柳カードを経て、同人誌「晴」に参加。西日本新聞川柳十七会・久留米番傘川柳会同人。著書に『松永千秋集』（邑書林、二〇〇六年）。共著『現代川柳の精鋭たち』（北栄社、二〇〇〇年）。

川柳人にとって句会・大会は作品発表の大切な場である。呼名といって、選者が選んだ句を読み上げたあとに、作者が大きな声で名乗りあげる。作品と作者名をアピールする機会なのだ。松永千秋については次のようなエピソードが伝わっている。川柳の大会で特選を取った作者は表彰のために前に出てゆく。喜びや誇らしさの表情で登壇する人が多いのだが、松永千秋は恥ずかしそうに迷惑そうに表彰状を受け取ると、そそくさと席に戻ってしまうというのだ。私ははじめて千秋に会ったときに、あまりにもこの話の通りであることにびっくりした。

屋根裏に隠しておいた母の声
おとうとを転がしてみる探し物

母・おとうとという家族を詠んでいるが、通常の家族詠からは逸脱している。隠したり探したりする行為と家族のイメージが結びついている。母の声の隠し場所は「屋根裏」という閉ざされた空間である。その中には家族一人ひとりの匂いや記憶が入っている。

胸中に鳥の渡りの絶え間なし
使者が来る鋭き鳥の眼して

鳥のイメージを用いた二句。鳥の渡りのように胸中を去来する思いがある。述懐の句だが読者はそれぞれの具体的な経験を代入して読むことができるだろう。鳥は優しいだけの存在ではなく、ときには鋭い眼でやってくる。

『松永千秋集』は読んでいてとても気持ちのいい句集である。「魂の半分ほどは売りやすし」「私をきれいに洗うグレゴリオ聖歌」「泡立草のはるか遠くのアッシリア」など、愛唱している句がいくつも思い浮かぶ。けれども、松永は本書で句集以後の作品に挑戦してきた。

ライオンはちょっとふざけただけだった

ライオンにとって遊びでも相手の動物にとっては命にかかわる。羊と遊びたいと思ったライオンが相手を殺してしまったとしたらどうだろう。他のライオンと遊ぶこともできるだろうが、誰とも遊ばないようになるのではないか。ライオンの孤独。

どうにかなるよチェーホフの聴診器

ドリアングレイですね夜を盗むのは

彼女の読書範囲は広い。ここではチェーホフやオスカー・ワイルドの名があがっているが、サリンジャーの「バナナ・フィッシュ」やドストエフスキーの『カラマーゾフの兄弟』の話を彼女としたことを思い出す。

幾たびも死んで生まれて静かな木

半身は魚(うお)半身はバイオリン

アニミズム的感覚、自然との一体感がある。作者の死生観もうっすらと読みとれる。松永千秋はかつて「さくらさくらこの世は眠くなるところ」という句を詠んだことがある。最近の松永はさらに進んで次のような境地に達したようだ。

あの世からこの世へやってきてドボン

松永千秋

屋根裏に隠しておいた母の声

戦死者の中の私のおばあさん

風景が動いていっただけの旅

胸中に鳥の渡りの絶え間なし

使者が来る鋭き鳥の眼して

冬空のどこかに青く咲く骸

彼岸花ぼんのうあってあたりまえ

棘抜いた後の青々とした海

幾たびも死んで生まれて静かな木

私を下りていく雪の日は静か

地平から来る強靭なふくらはぎ

半身は魚（うお）半身はバイオリン

松永千秋

おとうとを転がしてみる探し物
彼岸から此岸へ死者の首並ぶ
うっすらと黴のにおいのする日暮れ
未来から人形遣いやって来る
水抜きをされて改札口を出る
もう少しモナカのアンでいるつもり
全身に絡んだままの青い膜
死に変わり生まれ変わって雨ふらし

芒野はざわざわ騒ぐごはんだよ
動物園の象のお尻を見て帰る
占い師詩人と死人取り違え
一面に葦を繁らせ死期の沼
しくしくと泣くので倒す椿の木
お星さままだ宿題がとけません
足枷が外れボッカリ浮いている
笑い過ぎトマトの尻をちょっと押す

死にながら泣くから部屋を出て行って

どうにかなるよチェーホフの聴診器

どこからでも見えてだあれも見ない家

あの世からこの世へやってきてドボン

品格をいえば朝顔の青ね

ドリアングレイですね夜を盗むのは

これ以上もう父さんは削れない

どうしても軍艦巻きにするつもり

添い寝して時々トリの声で鳴く

両腕は鳥の涙でぬれている

二度三度読み返しても通り雨

青空に洗ってもらうものがある

礼拝やザクロの種をプッと吐く

水掻きがみんな大きい関係者

いよいよネと言えばいよいよヨという

お元気ね溺れてるって聞いたけど

松永千秋

飯碗にときどき小石ときどき漫画
枯れるだけなのにバネ屋がやって来る
おじいさんも父も座布団柄である
ご用意ができたら春を届けます
満開のさくらよぎっていく夜汽車
地蔵堂から三人のおばあさん
死ぬときは死ぬ作戦は何もない
木枯らしの日は木枯らしの日を歩く

ライオンはちょっとふざけただけだった
わたしだってばギューギュー詰めにされながら
眼をとじてみている父という景色
春だなあ誰かつぶやき春である
美しい景色と君はいうけれど
生まれけり青大将の棲む家に
夕暮れのキリンの首や象の鼻
カーテンになるのも選択肢の一つ

滑って転んで青空を見ている

海老天にします滑りが悪いので

おっちゃんは悠然として泣いている

よく響く鈴をふるのはおばあさま

身に覚えないボロボロが落ちてくる

大根一本まるごとジツゾンって感じ

二股大根ずるずると無関係

悲し気と悲しいは別水こぼす

ムサシよりコジローがすき昼の月

満月をぼんやり眺めている一家

花のふるふるバイオリンよりチェロね

それらしくなるまで青を足してやる

悪人になるなれならむ花の闇

することがないので手と足を洗う

くすっと笑って隣から出ていった

やっかいな穴を抱えているずっと

第三章　現代川柳の源流

川上日車

一八八七年〜一九五九年。大阪市生まれ。府立市岡中学で小島六厘坊と文学仲間。「葉柳」「番傘」「雪」などを経て、一九二三年、木村半文銭と「小康」を発刊。新興川柳運動の代表的作家のひとり。句集に『日車句集』（一九三三年）、『日車句集』（番傘川柳文庫、一九五六年）。

関西の近代川柳は小島六厘坊からはじまる。川上日車は六厘坊の盟友で最初は七厘坊と号していた。日車は火の車のもじりだろう。

大正十四年に小樽の氷原社から発行された『新興川柳詩集』は、近代川柳史にエポックを画すものであった。大正十二年ごろから昭和十二、三年ごろまでに活躍した一群の川柳人たちの作品を「新興川柳」と呼んでいる。本書では関西における新興川柳を代表する川上日車と木村半文銭の作品を収録した。

錫　鉛　銀

と　書いてあつた　脅かしやがる

水を叩けば厚きてのひら

自由律川柳である。一句目は即物的な単語を三つ並べてみせただけの句。読者が何らかの意味を読み取ろうとすれば、空白の部分を自ら埋める作業が必要となる（意味を読み取らないことも自由）。二句目は「と」という引用を示す語から始まるものの、何を引用しているのかまるで分からない。これも読者参加型の作品といえよう。三句目は十四字（七七句）である。日車は自分の句集の同じ頁にこの三句を無造作に並べている。

ここにはまぎれもなくアヴァンギャルド精神がある。

土ほれば　土　土ほれば土と水
水を湛えて　春夏秋冬
それでも指紋だけは遺し

『日車句集』の中には「慰めか知らず逆立ちする男」のように岸本水府の「壁がさみしいから逆立ちをする男」を連想させる伝統的川柳も混じっている。「夜具を敷くことも此の世の果てに似つ」には「保元乱」という前書きが添えられていて、これだとこの句は「詠史」になるわけである。

天井へ　壁へ　心へ　鳴る一時
二等分しても心の手がならび

「天井へ」は日車の代表句。人々が寝静まった夜更けに、一人で起きている孤独。柱時計が室内だけでなく心に響いてくる。「二等分しても」は古川柳の「泣き泣きもよいほうをとる形見分け」の近代化。日車の句は心理主義的な方法をとり、「心理の微分性」「理知の感情化」と言われる。「心」という作用を表現するためには、何らかの具体的な「物」を用いるほかはない。「水」はそのための比喩として愛用されている。

ありありてありありあまれるところの　水
深みとは何　水甕に水のなき

『日車句集』は二度、刊行されている。一九三三年に『日車句集』が出ているが、一九五六年には番傘川柳文庫から刊行された。収録句数一一一九。「人生の果てに辿りついた私は、これでなにもすることはない。ただ、峻烈な世上の批判は、やがて一句も遺さず削ってくれるであろう」と彼は書く。無名であることの矜持はニヒリズムと紙一重だ。川上日車はかっこいい。

柿を知らないカール・マルクス
ありありてありありあまれるところの　水
土ほれば　土　土ほれば土と水
天井へ　壁へ　心へ　鳴る一時
深みとは何　水甕に水のなき
二等分しても心の手がならび

夜具を敷くことも此の世の果てに似つ

水を湛えて　春夏秋冬

錫　鉛　銀

と　書いてあつた　脅かしやがる

数字にも　淋しい数字

椿　うち重なりて咲けば　みだら

川上日車

酒すこし飲めば淋しくなるものか
カナリヤを覗いて今日も遇ひに行き
物足らぬまゝに鏡の前に立ち
よしあしが何んで頭にあるものか
慰めか知らず逆立ちする男
壺抱いて戀より深いものを見る
とぎすましたる剃刀に湖(うみ)の廣さ
顔もみた話もしたがそれつきり

別れて二人どうする氣もなし
信じて疑はぬ眼を捨てがたし
返盃を投げたは二十四五の頃
蠣船に残る失意を語りつぎ
拗ね者の芦邊踊りは見にゆかず
大阪を傘の端から見下ろして
生活の前に土瓶が置いてある
飯ほどわたしを理性にしたものはない

ともし火の搖るゝは風の姿なり

子を生まぬ男の指は腥し

胎内に十月十日の顔の皺

手鏡の裏を返せば浪がある

マッチ擦る時にほんとの顔がさし

水が二つに切れるまで争ひ

鳥の巣に人間の毛を見つけたり

手の黒子　的は正しき矢の狂ひ

心一つ五重の塔を前にして

持つ人によつて哀れな紙包み

掌の窪みにたまる水の量

放れゆく心午後二時から曇り

嘘になるまでには十日程かゝり

自由画の上手になつてゆく哀れ

眼を据えて追ひ抜いてゆく人ばかり

灯のとゞく限りの事は知つてゐる

凡人となれ一つ捨て二つ捨て
十二月ちらつく雪も嚙んで捨て
蝶二つ戻る振子の二分狂ひ
三ケ日海老も尻つぽを巻いてゐる
それにしても俵の上で猫が死ぬ
水仙にきけば時代が違ひます
鋏できつてしまつた
頭から一尺上に釘を打ち

一握りの胡麻は三百六十四
人遂に口へ卑しきものを入れ
これで大丈夫と蓋をしめる
生殖器ばかりになつて生き残り
群衆の口みな動き澄める空
鰯がとれすぎて棄てねばならぬ
それがたゞ人の口から聞いた事
屑籠　屑籠　また轉任だとさ

父はたゞそつちへ行けと言つたきり

水ぐるま水押しのけて水に入る

枕よりつゞく深さのはかりがたし

天と地の中を今日から歩む猫

約束　誰れと誰れとの　人と人との

汽車は東京といふ目的を持つてゐた

友もまた箸を下ろさず鮎の塩

ゆくところ知らず畳の上に座す

ヨハネお前の後ろに母がゐるぞ

水を叩けば厚きてのひら

思想よこちら向け　青い酒もある

みどり　あや子　るり子　歩む

むろん　十八世紀の鞭ではなかつた

盗む　死ぬ　佛の前

一つだけ見つからぬそれが何であつたか

それでも指紋だけは遺し

木村半文銭（きむらはんもんせん）

一八八九年〜一九五三年。大阪市生まれ。小島六厘坊に兄事。一九〇九年、西田當百、岸本水府らと関西川柳社を興す。「葉柳」「轍」「後の葉柳」などを経て、一九二三年、川上日車と「小康」を発刊、新興川柳運動の口火を切る。句集『半文銭句集』、評論に『川柳作法』『川柳を作るコツ』。

木村半文銭の柳歴は古く、関西柳壇の草分けで天才と呼ばれた小島六厘坊に師事した。僚友の川上日車とともに新興川柳期にも活躍、「論は五呂八、句は半文銭」といわれた。半文銭は岸本水府や麻生路郎とも交流があり、彼のアヴァンギャルド的作品は川柳の骨法を踏まえたうえでの冒険だった。

三月も下旬一個の石の前

苔の花ものゝ生命は一分立ち

鶴の巣に鶴は孵れり事も無く

鳥籠の籠の中なる大きな手

半文銭は自らの創作態度を「本質の発見」だという。対象物（客観）に自己の生命を投影することによって、主観と客観とが渾然一致する境地を彼は目指している。川柳における生命主義ともいうべきものである。苔の花は植物であると同時に作者の生命でもあって、対象物に飛び込んでゆくなかに直観的な発見があり、それを彼は「想像的直観」と呼んでいる。対象は生物とは限らない。無生物であっても、その対象をとらえる作者の作句態度の中に生命がある。それは芭蕉の俳句にも通じるものだと半文銭は考えた。

芭蕉去つて一列しろき浪頭

半文銭の生命主義的な立場は、台頭してきたプロレタリア川柳とは相容れないところがあった。伝統派・モダニズム・プロレタリア文学の三派鼎立の図式は、川柳にも当てはまる。新興川柳運動は、森田一二・鶴彬などのプロレタリア派と田中五呂八・木村半文銭などの芸術派に分かれて、激しく対立する。両者の論争の様子は、坂本幸四郎著『新興川柳運動の光芒』（朝日イブニングニュース社）や『新興川柳選集』（たいまつ社）に詳しく書かれている。

元日 ―――――― 暮る

この一本の線は何であろうか。一見すると表現の放棄とも受け取れるが、言葉をそぎ落とした果てにたどりついたのがこの表現なのだろう。

夕焼の中の屠牛場牛牛牛牛牛牛牛牛牛牛

半文銭の前衛的な作品のなかでは比較的わかりやすく、よく知られている。「牛」という字を繰り返すことによる視覚効果をねらっている。大正末期に現代詩の世界で起こった芸術革命の影響があるのかもしれない。半文銭には活字を反転させたり、鏡文字を使った作品もある。もっとも前衛的な川柳人と言えよう。

スリガラススッテスッテ、スリガラススッテスッテスリガラス

紅い蝶々舞踏 1.2.3.4.5.6.7. ―――（帝王切開）

師走の泥棒の酔ッ拂ひ・ペン・インク・小切手帳

半文銭は実作だけではなく、『川柳作法』（一九二六年）や『川柳は斯うして創れ』（一九三三年）など、川柳の入門書・理論書を書いている。特に後者は新興川柳の理論水準を代表するものである。

紀元前二世紀ごろの咳もする

三月も下旬一個の石の前

死刑の宣告ほど名文はあるまい

苔の花ものゝ生命は一分立ち

鶴の巣に鶴は孵れり事も無く

芭蕉去つて一列しろき浪頭

鳥籠の籠の中なる大きな手

住友吉左衛門氏の屋敷跡の北風

元日――――――――暮る

紀元前二世紀ごろの咳もする

夕焼の中の屠牛場牛牛牛牛牛牛牛牛牛

僕か、私か、己れか自分か、我れか、自身か

紅い蝶々舞踏1.2.3.4.5.6.7.――（帝王切開）

ぶつ突かるまでは本性二つ持ち

ほり下げて行く生活の底が見え

人なみの甲と乙との巣の違ひ

運といふあの化けものを追つ駈けろ

下積の本の一冊から崩れ

炭をつぐ心づかひも隙が見え

ふり向いた西と東の中に嘘

住めば國ねむればたゞの土と成り

その人の靴が光つてゐる哀れ

盃もなくて正しき膳の上

石一つなげたところも海の涯

本能だ醜態だゼロだ圓満だ

産むことの事實の前の夕刊

鼻をうつ天地創造の二日目に

水をのむ柄杓をふせて二三日

莫迦がよつてたかつて可能にして了ふ

發作的にさう思想を現はすな

机——お前も明るい家に行きたいか

何故と知らず何をか過渡期とす

壁土の土の中なる穂の實り

人形の足はぶらりと地をはなれ

南窓疲れた人にあけてやる

死は絶對です此所は下界です

偶然かそれとも元素九十二個

海を見る眼を蟻の巣に轉じ

沈黙に一つの梯子たてかけて

枕許の一冊秋をふせてあり

新しい箒が立てゝあるばかり

浮き草をのせて眞理も浮いてゐる

現象と本體そこにある轍

人生はこのバイブルの天金さ

ありし世になに劣情の起るべき

木村半文銭

生活のインクも残り少なけれ

着きにけり頭の中の島影に

一元か二元か炭か灰か火か

はらからの手に現實の鉋屑

鏡にうつる潜在意識

淋しやな一個の鍵に觸れながら

人奔る人奔る紙上遊戯ほど

戀なれば火炎となつてとく失せよ

ざくと踏む霜や前人未到の地

とまつた時計二分進んでゐる

蝶とんで白きがのこる路の草

夢深し灯に入る虫を打つとみて

眼にうつるものみな哀し酒二合

風鈴の下にマルクス・エンゲルス

秋の風君と僕との盃に

と思ふて一升壜を見るひとり

枕から死は一二寸さきにある

壁をぬけてゐますが如き老子よ

金魚二尾大宮人の戀に似て

問ふ人に答ゆる人の紙が散る

朝顔の蔓より性は善なるか

マルクスに行水させる日のありて

この世から一脚椅子を除けたい

机上より一尺低き民衆よ

葡萄酒とパンの遅速を争ふよ

Xの戸をあけてみつ閉めてみつ

昔むかしその大むかし火となづけ

諸君！大きな幕をおろしましょ

神様は七五三縄です人間共はフンドシです

スリガラススッテスッテ、スリガラススッテスッテスリガラス

師走の泥棒の酔ッ拂ひ・ペン・インク・小切手帳

龜の子のしっぽよ二千六百年

河野春三（こうのはるぞう）

一九〇二年〜一九八四年。大阪市生まれ。戦後、堺市でバラック建ての住居で川柳誌「私」を発行。「人間派」「天馬」を経て、「川柳ジャーナル」に参加。戦後の革新川柳を牽引した。句集『無限階段』『定本河野春三川柳集』、評論『現代川柳への理解』。

水栓のもるる枯野を故郷とす

一面の焼野原と化した戦後の情景である。焼け残った水道の蛇口から水がポタポタ滴り落ちている。一九四八年（昭和二十三年）三月、河野春三は川柳誌「私」を発行する。終戦後、春三は堺市でバラック小屋に住み、自炊生活をしていた。泥棒に二回も入られたが、警察に捕まった泥棒に「お前のうちはとるものが少なかった」と言われたそうだ。関西における戦後川柳の出発であり、それが水栓のもれる故郷の情景と重ねあわされている。

おれの　ひつぎは　おれがくぎうつ

春三の代表作と言われる作品。このとき春三は六十代前半。現代川柳の革新者として自他ともに認める「作者」のイメージが前提としてまず存在する。「おれの」「おれが」と繰り返すのは「私」という自我の強烈さだ。「柩のなかのおれ」と「釘をうつおれ」の分裂という読みもありうるが、柩の釘さえ他者にまかせずに自分でうつというのは強烈な自己主張となる。

以上の二句は春三の川柳革新と結びつけたときに説得力を発揮する。作者と作品は不即不離の関係にある。

春三は「私」「人間派」「天馬」「馬」「川柳ジャーナル」などの川柳誌を発行し、ひとつの時代を駆け抜けた。

それでは春三の目指した「現代川柳」とは一体どういうものだったのだろうか。「川柳に『私』が導入されたときに川柳における『詩』がはじまった」という意味のことを春三は言ったそうだ。「私性」即「詩性」である。また、川柳を「人間性の探求」「社会批判詩」ととらえ、川柳文学運動を巻き起こそうとした。

母系につながる一本の高い細い桐の木

「天馬」創刊号に掲載された作品。難解なところもある。なぜ「母系」なのか。「一本の」「高い」「細い」という形容を三つも付けているのは？「桐の木」にはどういう意味があるのか。定型ではなく、「一本の高い細い木」と誤って記憶・引用される場合が生じるのは韻律にのりきれないためだろう。春三は自由律川柳にも親しんでいたから、この句は自由律川柳とも言えるし、短詩とも言える。

流木の哭かぬ夜はなし　天を指す

濁流は太古に発し流木の刑

春三の連作として「流木抄」がある。富澤赤黄男には「流木よ　せめて南をむいて流れよ」という句があり、春三の句と比べてみると興味深いだろう。無季俳句のうち意味性の強い作品と現代川柳はほとんど区別ができない。また、春三は多行川柳も書いている。

「川柳ジャーナル」は一九六六年、「海図」「鷹」「不死鳥」「流木」「馬」の各誌を統合して創刊され、革新川柳の求心力となった。また、春三の評論『現代川柳への理解』は現代川柳を語るときに欠かせない文献である。

山彦よ一刀で刺す敵ばかり

河野春三

銀漢を仰ぎ再起をうたがわず

水栓のもるる枯野を故郷とす

母系につながる一本の高い細い桐の木

死蝶　私を降りてゆく　無限階段の縄

流木の哭かぬ夜はなし　天を指す

濁流は太古に発し流木の刑

密室に嗜虐の数字みだれ飛ぶ

絶望の馬はまったく傍観者

刃を研げば好色の雪降りしきる

地に下りた星は人喰い星となる

向日葵ががくりとくると撃つピストル

おれの　ひつぎは　おれがくぎうつ

河野春三

ピアノにも遠き計算たてられる
俺に似た神経質な星のあり
もう何もいわず形式踏んでいる
降るような星に自炊の水を捨て
わが怒り夜の砂利の音冴え来る
遠汽笛一瞬われをさびしうす
雑草のこの執着に生きぬこう
午睡さめゴッホの狂いのしかかる

わが胸のジキルとハイド今日も無事
星見れば星へ孤独の殺到す
曼珠沙華抜く抜く果てしなき虚実
風剃刀となる文学に徹すべし
汽缶車の息のはげしさわが息も
私の机に私の個性をおく
花を愛し生花の名はみな知らず
裏切るやエスプリもなき林檎喰む

万雷の拍手の中ぞ自己否定

永いスランプ――しゃつの裏をきていた

醜聞をきく耳二つついている

荒るる夜の蜘蛛のいとなみなら許す

敗北を呪文のごとく風に唱う

落魄の年輪かさねゆくごとし

墓標となっても二重人格である

わが過去に鯉のぼりなし五月なし

蝙蝠を運河に放ち孤独の灯

――けれども君もカインの裔でしかない

軍靴の夜陰は寝室を犯して来るぞ

泥沼はい上る学徒のおびただしい指紋

祖国脱出は難し　流木の沈む部分

流木に鋭(と)き釘のあり　水魔を刺せと

流木の一片飢えて岸を打つ

わが死后も流木の惨きわまらむ

河野春三

流木の私語ゆるされず　天に帰す

母系の果て　北斗になびける芦の列

炎天の死者叫ぶときユダを負う

破れたアンブレラに帝国と書いてあった

二脚獣　ケラケラ鉄片を啖うて生く

灯を消して　劣等感の夜の海図

白壁のつづくかぎりの死鋲うつ

海見れば　海に恐怖の皿充てり

滝へ出た蝶のめまいがはげしくて

うろこ剝ぐいちまい二枚おとこの背

ぶらんこの天にとどけば天渇く

招かれぬ客　北を向く馬の首

そのままに罪が凍ってしまう虹

片翅でまわる風車のひとりごと

どん底におく椅子　凭れば見事倒れ

シェーカーに血が　そのままに振って振って

深き手負いの隕石となり堕ちてゆく

さまようて無明の使者は遠きかな

夜目遠目　魚座の星をふりかぶり

歩道橋から真逆さまに落ちる便器

台風一過　まったき虹を描いて堕ちる

バリケード崩る　夕日の鬼をわしづかみ

むかえ撃つ　藁人形のシルエット

象徴の馬車ゆけり　幻のさんま焼く

しがらみをくぐる一匹ならば撃て

峰打ちで死んだもうひとりの私

生き恥の雪の廊下の果てがない

一日の終りの蝶の羽根たたむ

鉄カブト笑いころげて溝に落つ

有明の母狂うとき　花たわわ

さかのぼる一匹やがて錐もみに

山彦よ一刀で刺す敵ばかり

中村冨二（なかむらとみじ）

一九一二年～一九八〇年。横浜市生まれ。一九二八年ごろから冨山人の名で川柳投稿。金子勘九郎と「土龍」を発行。戦後は一九四九年、〈からす組〉を結成、「鴉」創刊。「川柳ジャーナル」〈現代川柳作家〉〈川柳とaの会〉など現代川柳に足跡を残す。句集『中村冨二・千句集』『童話』など。合同句集『鴉』『鬼』。

一九四八年（昭和二十三年）の暮れ、まだ闇市の雰囲気の残る川崎駅前で中村冨二はバラック造りの古本屋「なかとみ書房」を開いていた。二坪ほどの仮店舗で、雨が降ると土間には水たまりができた。ある日、ビールの空き箱を逆さにして雑誌を読んでいた冨二の目の前が急に暗くなって、佇んだ一人の青年がいた。この青年・松本芳味と中村冨二の出会いから関東における戦後川柳は始まった。

一九五〇年、冨二は「川柳鴉組」を結成、翌年には川柳誌「鴉」（編集・松本芳味）を発行している。「たちあがると、鬼である」をはじめ「鴉」に発表された冨二の代表作は多い。

人殺しして来て細い糞をする
セロファンを買いに出掛ける蝶夫妻

冨二作品の表現の幅は広い。一句目、犯罪小説の一場面のような状況のなかに人間の心理と体質にたいする洞察がある。二句目は一転して軽やかで洒落た表現。想像力によって自在に描き分けている。

冨二の発言の中で最も有名なのが「川柳という名に残されたモノは、技術だけである」という言葉。作家精神の裏づけとしての川柳技術だろう。山村祐の川柳中年文学説に対して、冨二は「川柳は青春の文学であってほしい」という願いをもっていた。

美少年　ゼリーのように裸だね

母の恥部　少年　虫の顔をせり

「美少年」の句はBL川柳の先駆的作品としても読める。「母の恥部」はセックスに目覚める少年の姿を上手くとらえている。

冨二は句会作品の名手として知られているが、『中村冨二・千句集』に収録されている作品には連作・群作が多い。「墓地」「ギニョール」「少年抄」などがあるが、ここでは「帽子抄」を挙げておこう。

生きていると　遠くに嫌な帽子がある

眠くなると　遠くに好きな帽子がある

この二句は矛盾することを詠んでいるのだろうか。そうではなくて、「嫌な帽子」と「好きな帽子」は同じひとつの事を異なった面から表現している。反対の言葉を用いて同一の事象を表現する。ペアの技法である。

良心も頭が禿げてる

信長を殺した注射器は　無いよ

笑いの表現もある。旧来の川柳は冨二に流れ込み、現代川柳は冨二から流れ出た。冨二のことを伝統派の作家だと言うこともできるし、現代川柳の出発点だととらえることもできる。次の三句は冨二作品のなかでもよく知られているものだ。

パチンコ屋　オヤ　貴方にも影が無い

マンボ五番「ヤア」とこども等私を越える

妥協しろ、父の鰯を買って来い

冨二以後、現代川柳は多彩に展開して現在に至っているが、中村冨二はいま読んでも新しい。

人殺しして来て細い糞をする

やまなみはつんつん、恋に觸れられぬ

セロファンを買いに出掛ける蝶夫妻

たちあがると、鬼である

良心も頭が禿げてる

パチンコ屋　オヤ　貴方にも影が無い

ギニョール、ギクンと生れ、ガクンと生れ

子に小さき悪の芽見たり、抱いてやる

マンボ五番「ヤア」とこども等私を越える

美少年　ゼリーのように裸だね

母の恥部　少年　虫の顔をせり

サーテ、諸君　胃のない猿に雪がふるよ

中村冨二

猫は病み、人間の手は大きいな

東京戀し一匹の蛆地圖を這ふ

雑音に背を叩かれて墓地へ来た

墓地で見た街は見事な嘘だった

女死んで墓地は湖底となるだらう

墓地を出て一つの音楽へ帰る

花むしるかすかに爪をたてながら

赤いピッコロを買ってやる肥った妻に

あゝぼくもおどってゐるねばかをどり

物喰へばけだものである咽喉の奥

人形の帽子はみんな生意気だ

轢死者はゴロン、花束もゴロン

嫌だナァ——私の影がお辞儀したよ

私の影よ　そんなに夢中で鰯を喰ふなよ

はるのよのおかめはむねをだいてねる

片恋や、首落ちやすき葱坊主

犬交る、大野九郎兵衛昨日死せり

急がねばならぬ穴を掘らねばならない

では私のシッポを振ってごらんにいれる

嫁ぐとや、蛇の卵を君が掌に

聖女は風景で、退屈な白い糸です

嫁ぐ糸と赤き不倖に酔ふ娘らと

黄な糸の見よや刺客のもんどりを

ギニョールふたたび生れ、ガクンと死ぬ

かみのへどよりあらわれて、ものをうる

妥協しろ、父の鰯を買って来い

子が去る日　静かに雪が降るであらう

病院をはさむ大きなピンセット

淫祠あり、少年の舌もチラリと赤し

少年怠惰　ねむい支那饅頭である

悪い少年である　ぼくだけの、夕焼だぞ

春の夜を　少年少女　影踏み合う

姉嫁ぎ　少年深い灯を見ている

少年あわれ　母の匂うを知らず眠る

兄の恋は　蛙と読んでいたゞきたい

妹の恋は　蛙と書いていたゞきたい

恋と雨と　婚礼の日も歩いていたな

これが遺書と　虫がぞろぞろ出てくる穴

靴穿いて　自分の顔を踏んだだけ

信長を殺した注射器は　無いよ

雪降れば壺を割る日だなと思う

首は薔薇を咥え　定期券を咥えた

永遠に蝶追いかける　箸二本

石を割り石割らぬ瞳を振りかえる

落ちてゆく人より重いものはない

冬の日の卵を割れば　墜落す

地上より三尺を行く性器　その他

みんな去って　全身に降る味の素

鈴虫と名づけし時は　腐りゆく

波の中の眼に見られたよ泳げない

生きていると　遠くに嫌な帽子がある

帽子を脱ぐ　目と鼻が　はらはら落ち

和尚はパンが好き　帽子も喰べてしまう

冬の帽子　一本の樹が倒れない

天皇は百人　みんな麦藁帽子

眠くなると　遠くに好きな帽子がある

蠅は千人　馬の尻尾に音楽あり

もう逢えぬボクの手錠の　君の音

人形の骨は個室で煮えつまり

黄色はいつも　冬の林を通りぬける

ロバは仔を生む　ランプなぞ造ろうぞ

赤ン坊の角がかわいい事もある

仏師は仏師　千枚の顔血に疲れ

退屈な蟹はなかなか血にならぬ

細田洋二（ほそだようじ）

一九二六年〜二〇一九年。東京生まれ。「短詩文学」「馬」「川柳ジャーナル」「短詩」「匹」「風」「森林」などに詩性の強い作品を発表。「川柳ジャーナル」社人。画家としても個展を開く。句集『細田洋二作品集』、「細田洋二作品集・川柳ジャーナル双書第三篇」。

昭和四十年代にきわめて詩性の強い川柳を書いていたのが、細田洋二である。

風が掛けた鍵　開けて逝く誰か

サルビヤ登る　天の階段　から　こぼれ

北極よりオキシフル取寄せて拭う　戦士の墓

海を越え　星星を越え　高山植物を咲かせ

「風が掛けた鍵」は細田洋二の代表作のひとつ。カ行の頭韻による快いリズム感に身を任せていると、「開けて逝く誰か」という喪失感が待っている。「サルビヤ登る」は意味性を外した不思議な世界の雰囲気を漂わせている。登るのは誰なのか、サルビヤなのか、作者なのか、という意味の文脈とは次元の異なる言葉の世界がそこに成立するのである。「北極よりオキシフル取寄せて」という、今ここにない空間と結びつける想像力。「海を越え」の句では主語を省略することによって、「越え」「咲かせ」るのは誰だろうという疑問を起こさせるだけでなく、「海」「星星」「高山植物」と壮大な宇宙論的世界が展開する。私たちがふだん読みなれている川柳とは異質な言語空間が細田洋二の作品にはふんだんに見られる。

細田洋二の句は難解句とも抽象句とも呼ばれる。日常的な風景にふと別の風景が重ねあわされているような印象。見えているのは風景そのものであるとしても、そこにもう一つのパラレルな世界が感じられる。風景に意味が重ねあわされるのではなく、風景に心象風景が重ねあわされるのでもなく、次元の違うふたつの文脈がひとつの風景として詠まれているような世界。それは、ただ言葉によってだけ実現するものである。

細田洋二は「言葉」の本質的重要性に気づいていた川柳人であった。彼の川柳観・言語観の根底には「言葉の回復」「言葉の蘇生」という考え方がある。

飛躍の爪あたためる掌の淵を開く

夜の藻を九官鳥でかいくぐる

「爪」と「掌」は身体用語として類縁性のある言葉である。「爪」から「掌」への展開には何の意外性もない。けれども、そこに「飛躍の爪」という言葉を投げ込むことによって、平凡な身体用語が別の様相を見せ始める。「夜の藻を九官鳥がかいくぐる」ならば、意味はある程度通じる。それを「九官鳥で」と助詞を一字かえるだけで、句の姿はたちまち変貌する。「かいくぐる」の主体が九官鳥とは別の存在になるのだ。「言葉の復権」「言葉の回復」とは、そういうことだろう。

このように細田洋二は「言葉」に対して意識的な作家であった。もちろん言葉を使う表現者である限り、言葉について何も考えない作者はありえないのだが、細田の場合、「言葉」そのものが彼の作品の根本的モティーフなのである。

細田洋二の作品は「言葉」から出発する川柳の可能性を私たちに示唆するものとなっている。

前衛や思慮の羽交いに稲光る

細田洋二

風が掛けた鍵　開けて逝く誰か

北極よりオキシフル取寄せて拭う　戦士の墓

サルビヤ登る　天の階段　から　こぼれ

海を越え　星星を越え　高山植物を咲かせ

相姦の蛍が池に失せし音

父逝くや図鑑の魚を盗まるる

夜の藻を九官鳥でかいくぐる
海原の一騎となりて待つ花粉
口ごもる短夜の鳥をコズくなよ
青過去に出合がしらの磯しぶき
天翔けて陸稲ケ原に身を零す
セイダカのちのちのよまであわだちぬ

細田洋二

飛躍の爪あたためる掌の淵を開く

此処でレールも終り　工の字が並ぶ青空

緑陰に開く末広を渡る蟻

銃口のある傘が開いて　万国旗

一人一人の胸像降ろして来る　ラッシュの階段

赤土をひたいに割って　わらべ歌

岩戸から岩戸へ架けて焦（きな）臭し

一瞬　張り水を人面に歪めた　一滴

伝統の糸を紡いで登り独楽

地球儀の団地へめがけ　冬の虫

胸間に　オリオン置いて　地の翼

孵化を聴く胃の腑の淵にシャンデリア

十年を裏返しの手鏡を跨ぐ

剝けば剝く程重くなる二十世紀

銀河指す鳥を仕立てる休火山

足裏に一艘造る　風つくる

平明に悶える河に添っていく

砂丘から蛹集まり地曳引く

たぐり寄す被爆の窓に墜ちし桃

深々と呼吸口から骸化する

対話が無いから蠅に貫かれる

見とどけし背のほころびや縫いぐるみ

嗅ぎ廻る　見えない部屋と見える部屋

種子からは種子が見えない重い夜

逆光の風車を回す地の鼓動

背水のオタマジャクシの独白を

地球儀を泥人形にすげかえる

手の平を流すや鰭は帰り付く

銀鱗や想いの果てを切り結び

額から身銭を削り落とす月

一瞥を返すや裾を霜なだれ

鳥籠と血合いの雲の浮き沈み

細田洋二

つぶやきを見詰めて闇は巻き貝に
トンネルや向こうの鳥も撃ち果たし
やりとりの水の支流に一枝浮く
静脈にケレン落としの目差しで
日月へ御歯黒トンボ追い分ける
月蝕や小象を包む思惟の皺
世紀から世紀へ賭けた矢飛白の
初雪や関東の峰肉ばなれ

東京も古里にする雷の息
相打の言霊ありし水鏡
衛星に御赭免花を刷り込める
白鳥を咀嚼し空は迷はざる
蒼天を疑似餌の鱗突き抜けり
前衛や思慮の羽交いに稲光る
角膜　島に移植して　来る夕月
蛇の影　落され　6に　なろうとす

どの淵にも　百科辞典のない　潜水夫

なかなか悪人に写って来ない鏡だな

荷馬車なフィルムと放蕩な洗剤の恋

白昼夢その十字路で振向けず

語尾消ゆる遠き流燈入れちがう

橋影に砲曳き込めり鳩の臭

背の裏の羽音聴かせず水鏡

月に触り三日鳴かせたセミである

腹心の鍾乳洞に日を溜めて

月明に染色体は言伝を

荒縄に膝行って星は切り結び

胸板に彫刻刀を寝しずめる

胸板を割って地脈を確かめる

船頭の避ける波頭へ打つ花粉

跳ね橋の薄暮に廻り込む羽蟻

花の香も魚拓に似せる水溜

第四章　ポスト現代川柳

飯島章友（いいじまあきとも）

一九七一年、東京都出身。二〇〇九年より川柳の作句を開始。「バックストローク」「川柳カード」を経て現在「川柳スパイラル」同人、川柳雑誌「風」会員。二〇一五年に共同ブログ「川柳スープレックス」を立ち上げる。なお短歌では「かばん」に所属。二〇一〇年に第二十五回短歌現代新人賞受賞。句集『成長痛の月』（素粒社、二〇二一年）。

飯島章友は若手の川柳人のなかで今もっとも意欲的に活躍している一人である。「川柳スパイラル」の対談では毎回俳人・歌人をゲストに迎え、彼の視野の幅広さがうかがえる。二〇一五年一月には柳本々々・川合大祐らとブログ「川柳スープレックス」を立ち上げた。飯島は「かばん」に所属する歌人でもあるから、彼を通じて川柳に興味をもつようになった歌人も多い。

Re: がつづく奥に埋もれている遺体

メールの返信のタイトルにReが付く。さらに返信するとRe:Re: が付いて続いてゆく。返信にはさらにその前の返信が遺体のように埋もれているのだ。

鶴は折りたたまれて一輪挿しに

鶴の羽根が折りたたまれるイメージだろうか、折り紙の鶴なのかもしれないが、それが一輪挿しになる。一句のなかのイメージの変容である。一枚の折り紙は繰り返し折りたたまれて鶴や花の形象となる。それをもう一度広げてみると一枚の四角い展開図となる。言葉による折り紙だろう。

あれが鳥それは森茉莉これが霧

「あれ」「それ」「これ」という指示語に「鳥」「森茉

莉」「霧」という名詞が対応している。三つの言葉の選択は恣意的ではなく、付かず離れずの距離を保っている。全体を統一しているのはそれぞれの語の「り」という脚韻。選び抜かれた言葉の組み合わせなのだ。

毎度おなじみ主体交換でございます

短歌ではしばしば「私」とか「私性」が問題にされるが、飯島は「ちりがみ交換」ならぬ「主体交換」で「私」のアイデンティティなどというものを蹴飛ばしてしまった。「主体」はすでに記号化されている。飯島の作品に描かれる世界と人間と言葉は絶対的なものではなく、むしろ一つのものが別のものに変質・変容してゆく気配が濃厚だ。言葉は知的に処理されたうえで一句のなかで世界が再構築されている。

「梅雨の冷えかふかかふかと咳をする」ではオノマトペに『変身』のカフカを重ねあわせ、「ほらここにふらここがあるバイカル湖」では現代川柳では否定されがちな「ここ」「ふらここ」「バイカル湖」の言葉遊び、「月の墓場をだれも知らない」では七七句(川柳では「十四字」と呼ばれる)を用いるなど、飯島の表現方法は多彩だ。「ああ、ああ、と少女羽音をもてあます」のような抒情的作品もある。

飯島は短歌と川柳というふたつの表現形式をもっている。ひとつのジャンルの中で次第に完成してゆくような表現者もいるが、飯島のように二つのジャンルを見据えて作品を書いている表現者が今後どうなってゆくのかに私は関心を寄せている。複数の視点をもっていることで、既成の「川柳とはこういうものだ」というフレームにとらわれない表現の可能性が生まれるからである。

選びなさいギムナジウムか白昼夢

飯島章友

Re：がつづく奥に埋もれている遺体
とくりとくとく席に迫ってくる車掌
仏蘭西の熟成しきった地図である
梅雨の冷えかふかかかふかと咳をする
ほらここにふらここがあるバイカル湖
月の墓場をだれも知らない

時計屋へ動かぬ人をもってゆく

鶴は折りたたまれて一輪挿しに

最終の湾がまぶたを閉じだした

六面体の梅雨の一面だけが声

あれが鳥それは森茉莉これが霧

選びなさいギムナジウムか白昼夢

飯島章友

紙風船うすずみいろの（来て）をいう
ゆくりなく鶏の声出すかすていら
じいちゃんが死んだ百葉箱の下
パイ包み割ると匿名掲示板
髭を剃るアボカド熟れているときも
ほっておけ徘徊中の月だから
きゅうり揉み　船はもう出たのでしょうね
円周率を呟くあれはキング・リア

過去問を解きつつ風葬だったこと
古紙縛るその手応えを記憶する
鍵穴に入れる双子の兄の耳
卵を割ると瞑想中のソクラテス
変声はコーヒー豆を落としつつ
ああ、ああ、と少女羽音をもてあます
浮いてたね鏡文字など見せ合って
チンドン屋東口から洞窟へ

毎度おなじみ主体交換でございます

準急は地平線です目覚めなさい

はじまりは回転寿司の思想戦

天帝の手紙静かなホバリング

文字盤のⅫが海であったころ

否と言うシニフィアン氏のうすいくちびる

九月の蟬を拾い集めるシニフィエ氏

コンビニの冷蔵棚の奥の巨眼

少年が少年攫う四月馬鹿

オムライスみんなこわくはないのかな

上向きにすれば蛇口は夏の季語

音叉鳴る饐えゆくもののにおいさせ

天の原リゲル／ゲンジは種違い

白線の外側にいる時計売り

地球儀をなでゆく夜の　ここが痛点

馬鹿野郎解散了えてちらし寿司

飯島章友

わかものの引力離れ

アンニュイな秋の社会の窓辺だわ

地球時代から継ぎ足したタレである

担任は日に日に蟹のにおい増す

遺伝子が違うのでもう読めません

こむらがえりがよみがえる夜

拡散がたくさん去って月下香

類語辞典は瘡蓋をもつ

遮断機がるさんちまんと降りてくる

走り終え少年たちの九十九折

臀（いさらい）に双頭をもつ王子の寝

よく弾むようにと撫でる子の頭

夏至　鈍く光るラムネとテロリスト

鳥葬や劇中劇に差し掛かる

仕切（しき）りたし句会（くかい）で威嚇（いかく）した力士（りきし）

いもうとの芽キャベツの乱ねじ伏せる

重いのでわたしから「し」をとりはずす

木漏れ日を鍵盤として弾く老爺

新妻は訃報欄から目を通す

たてがみは風切り羽の名残です

月のうしろはいもうとだらけ

あかぎれをアランと名づけ愛でている

それは罅ではなく冬の触角です

氷河期がつづく回転ドアのなか

火の鳥が羽ばたくばらもんばらもんと

切り口が酸化している子供部屋

ぬばたまの短ランを着る成長期

シラバスに死んではいけませんとある

くゆらせたけむりゆらりと裸体主義

道化師が蝶の鱗粉塗りたくる

十三（じゅうさん）歳のおぼろどうふな帰り道

荊棘線に速贄の月お茶どうぞ

川合大祐（かわいだいすけ）

一九七四年長野県生まれ。「川柳スパイラル」同人。共同ブログ「川柳スープレックス」執筆者。著書に『川柳句集　スロー・リバー』（あざみエージェント）、『リバー・ワールド』（書肆侃侃房）。

ぐびゃら岳じゅじゅじゅべき壁にびゅびゅ挑む

こういう句を書く川合大祐とは何者だろう？　たとえば「駒ヶ岳越すべき壁にさあ挑む」なら意味が分かる。そこに作者は幼児言葉のようなオノマトペを挟み込んだ。川合は現代川柳のなかでも冒険的な作家だが、問題はなぜ彼がこういう句を書くのかだ。

「川柳の仲間　旬」一一五号（二〇〇二年一月）の「人物クローズアップ」で私は川合大祐の名をはじめて知った。このとき川合は二十八歳、川柳をはじめて一年たたない時期である。「旬」一一三号に彼は「檻のなかから世界を眺めて」という文章を掲載している。その中で川合はこんなふうに書いている。

「人は不自由さの中にあってこそ、初めて本当の自由を実感できる。不自由に縛られたなかでの稀少な自由とは、無限のひろがりを持つものだ。それこそが、私が川柳という表現形態に求めるものなのだ」

「「「「「「蚊」」」」」」

この句も実験的だ。視覚効果をねらった川柳は皆無とは言えないが珍しい。どう読んでいいか分からないから、映像として眺めるしかない。「蚊」という字が鍵括弧に閉じ込められているように見える。一匹の蚊が檻のなかに囚われているとすれば、形式と自由をめぐる作品なのかもしれない。

中八がそんなに憎いかさあ殺せ

五七五定型のうち上五は字余りでも許容されるが、中七は比較的守られている。「中八はいけない」という川柳人が多いが、この句はそれに対して疑問を呈している。発表以来、中八をめぐる議論ではこの句がときどき引き合いに出される。

…早送り…二人は……豚になり終

「／」や「…」などの記号を使った川柳を川合はしばしば書いている。短歌ではめずらしくないが、川柳ではまだ新鮮なのだろう。掲出句はビデオなどの早送りの感じをうまく表現している。『千と千尋の神隠し』などが思い浮かぶが、「豚になり終」というのは皮肉だ。

ロボットに神は死んだか問うのび太

二億年後の夕焼けに立つのび太

飯島章友はかつて川合のことを「ドラえもんは来なかった世代」（「川柳カード」十一号）と呼んだことがある。世代論に解消するつもりはないが、石田柊馬の「ドラえもんの青を探しにゆきませんか」などと比べると、川合の句はのび太の視点で書かれている。川合の作品にはアニメやサブカルを踏まえた二次創作も多く、川合ファンにとっては楽しめるところだろう。

焼きモスラ左右同時に刺すフォーク

蛭が降るスタジオジブリ入社式

実験的・現代的な句を繰り出している川合大祐だが、ふと内心をのぞかせるときがある。「ぐびゃら岳」で始まる句集『スロー・リバー』は次の句で終わっている。

だから、ねえ、祈っているよ、それだけだ、

川合大祐

ぐびゃら岳じゅじゅべき壁にびゅびゅ挑む

兄弟よわたしは한が読めません

中八がそんなに憎いかさあ殺せ

…早送り…二人は……豚になり終

だからこの句のメタファーに気付いてよ

五・七・五きみも誰かの素数です

（目を）（ひらけ）（世界は）たぶん（うつくしい）

「「「「「「蚊」」」」」」

そうこれはムーミンですね下顎骨

ロボットに神は死んだか問うのび太

東京に全員着いたことがない

だから、ねえ、祈っているよ、それだけだ、

川合大祐

二億年後の夕焼けに立つのび太

「松島やああ松島や松島や」

体言であろうタモリという男

米粒にレビ記二章が書いてある

クロサワのごとくに神よ死にたまえ

東京の初夏にブローティガン　生きよ

タラちゃんの聲で英霊語り出す

バルタンに進駐されてまた夏か

春続くキタノブルーに飛翔体

またいつか刑務所作業製品展

眠るものまさに時間のかたちして

お茶漬けが冷めて千年後の朝に

聖痕のない豆腐だな信じない

回顧録蠅の少ない夏だった

世界図に似せて解体される象

瓶詰の天国ならぶ忌忌忌忌忌

電線の先に聖なる人がいる

室内で呼吸ソビエト航空史

忌について必死のボディーランゲージ

プレステが回る静けさ怨憎会

アパートが解体されてゆく蜜柑

強大な堀北真希が降りて来る

よく当たるドロップキック前夜祭

蟻喰いのいたことのない白の町

焼きモスラ左右同時に刺すフォーク

鶴彬みたいな家のクリスマス

進化論マクドナルドの御御御漬

正確な描写をしよう１２３

ヘリ凍る十二単衣の乗客と

課題曲「本を忘れていた列車」

無　ホカホカねえさん以外すべて虚無

螺子のない朝にイエスの建てた家

川合大祐

円盤を見た日見ない日ふつうの日
無意識の多摩川すべて壺の外
蟬を飼う親子の下に震度三
堕落論とうふの入る貸金庫
牛車焼く小学生と父の書庫
馬場眠る漬物図鑑ひらきつつ
全姉妹非常入口より入る
レを抜いた恐怖漫画がすばらしい

長編句下五に置いたデヴィ夫人
陰膳をガウスに運ぶひとの数
アドリブに弱い看護師天城越え
ＰＣを濡らす詩人のテーマ曲
（ユング派の赤無かりけり梅雨夕焼）
走れユダ麵類祭り五秒前
人魚棲む町の模型にきょうも雨
森林に両棲類を売る刑事

四男の言葉の上の扇風機

試合後に『野菊の墓』のビラ破る

ゴリラ撃つ人びとばかり船の上

牛の寺と吐き続けるプリンター

反動で吉永小百合像を彫る

水のあるところどころに伊豆諸島

小糠雨教育学部倒壊す

空想の砲丸投げがすぐ終わる

物がいま銀の薬缶に見えてきた

ヒゲダンス誰をうしなう時間帯

街の灯が宇宙怪獣死してより

カルピスのここより白く狂えるか

蛭が降るスタジオジブリ入社式

ハムサラダ茨城県に憑かれても

自我と自我キャッチボールの都市滅ぶ

カタルシス濡れせんべいが濡れてから

暮田真名（くれだまな）

一九九七年生まれ。東京都西東京市出身。「当たり」「砕氷船」同人、「川柳スパイラル」会員。第一句集『補遺』、第二句集『ぺら』（ともに私家版）、句集『ふりょの星』、川柳入門書『宇宙人のためのせんりゅう入門』（ともに左右社）。

暮田真名は本書のなかでは最も若い川柳人である。暮田の川柳との出会いは瀬戸夏子経由だった。紀伊國屋書店新宿本店で行われた「瀬戸夏子をつくった10冊」というブック・フェアで、暮田ははじめて川柳句集を手にとったという。二〇一七年五月に中野サンプラザで開催された「川柳トーク　瀬戸夏子は川柳を荒らすな」にも暮田は参加している。私がはじめて彼女に会ったのはそのときだった。

　印鑑の自壊　眠れば十二月

「私」が壊れているとは言っていない。印鑑が自ら壊れるのだという。そして、眠ればすでに十二月になっている。全体は十七音だが、8音＋9音の取り合わせと一字開けは充分に効果的だ。これが暮田の最初の川柳作品で、句集『補遺』では巻頭に置かれている。

　いけにえにフリルがあって恥ずかしい

この句は「いけにえ」によって川柳になっている。「いけにえ」だから危機的な状況にあるはずだが、そんな時にも女の子は羞恥心を失わないのだ。犠牲者の恐怖や怒り、権力者に対する抗議などは感じられないから、深刻な状況というよりコミックの一場面としてとらえるのが正解かもしれない。いけにえにされる方も恥ずかしいだろうが、見物する方もフリルなんて目のやり場に困るのだ。

銀色の曜日感覚かっこいい

感情語の使い方が巧みだ。ふつう主観的な言葉は読者に伝わらないと言われる。「かっこいい」なんて言葉をベテラン川柳人が使うとコケてしまうが、暮田が使うと不思議に効果的である。

『補遺』には川柳をはじめて二年間の作品が収録されている。新しく登場した川柳人が句集一冊を世に問うという姿勢は従来あまり見られなかったことだ。また、暮田はネットプリント「当たり」を発行、大村咲希の短歌とペアで自らの川柳作品の発表を続けている。

寿司なんだ君には琴に聴こえても
良い寿司は関節がよく曲がるんだ

二〇二〇年二月、『補遺』の批評会が東京で開催され、連作「OD寿司」はそのときにも話題になった。川柳では食物の題詠はよく見られるが、一つの題で多作するのは作者の力量である。寿司が琴の音のはずはないし、寿司には関節はないのだが、この取り合わせ感覚は充分楽しめる。ちなみに「OD」はオーバードーズ（薬の過剰摂取）のことらしい。石田柊馬の「もなか」連作と読み比べるのも一興だろう。

共食いなのに夜が明けない
ミシンと言えば聞こえはいいが

本書には七・七のリズムの句が多い。収録句の約三分の一が七七句である。川柳では「十四字」とか「武玉川調」と言って、いろいろ議論もあるが、暮田には圧縮されたこの形式が合うのだろう。暮田真名が川柳に出会ったのは必然だった。

暮田真名

いけにえにフリルがあって恥ずかしい

旅客機を乾かしながら膝枕

銀色の曜日感覚かっこいい

もしかして更迭されてゆくイルカ

共食いなのに夜が明けない

意味は自動ドアごしの黙禱

未来はきっと火がついたプリクラ

観覧車を建てては崩すあたたかさ

霊柩車ほぐしの雨も降るだろう

どうしてもエレベーターが顔に出る

こんばんは　天地無用の子供たち

県道のかたちになった犬がくる

暮田真名

印鑑の自壊　眠れば十二月

頼んだらいつでも腑分けしてくれる

万華鏡配ってあるく月曜日

等高線がどこにもないよ

2×2＝4って夏の季語なの？

棺の緯度がまちがっている

ビニール片を噛んで卒業

ひどくむくんだ天使の処遇

湖のそばに語弊があった

ダイヤモンドダストにえさをやらなくちゃ

おそろいの生没年をひらめかす

ミシンと言えば聞こえはいいが

カラオケでオクラを茹でるうつくしさ

かなしみと枯山水がこみ上げる

火事と余白の気配は同じ

寿司ひとつ握らずなにが銅鐸だ

寿司ですよ今はカミキリムシですが
寿司なんだ君には琴に聴こえても
寿司を縫う人は帰ってくれないか
良い寿司は関節がよく曲がるんだ
ウエットティッシュの重さで沈む屋形船
かけがえのないみりんだったね
硯よろしく運び屋だった
出血後、とても無口な。薄明の。

夕張に小雨を降らせてうずくまる
忌引きです　おいしくなって会いにいく
星のかわりに巡ってくれる
音がないところもあるが友達だ
☆定礎なんかしないよ　☆繰り返し
さかのぼる　たとえ惣菜になっても
万力を抱いて眠った七日間
ゴヤもいること。またはそのさま。

暮田真名

階段で寝る若者のたまごっち化

恋すれば筐体になるときがくる

かつて農薬だったあなたも

コップの水にひそむ交番

生き字引、きもちよさそう、すずしくて

途中で飽きる飴のアンセム

天国の掃除セットも凍る日に

ギブ＆テイク＆皮膚　鳥影を待つ

死ぬまで廃炉　半魚人にやさしく

プールの底の終夜運転

おいしくて強い煙草になりなさい

もしもし、痩せた近海ですか

涕泣の似合う木馬にしたい

「水筒は春」と誰もが考えた

余力があれば荒廃しよう

選球眼でウインクしたよ

こんなに可憐な魚河岸なのに

くるしそう健康麻雀しちゃいそう

先生もはじめはみんな紙吹雪

復讐の11連鎖　きれい好き

問い直されたあなたの冬に帝王学がありますように

組閣するまでイントロクイズ

肺から錆びてみたかっただけ

おはじきを吐きだすために生まれてきた

家具でも分かる手品でしょうか

みんなはぼくの替え歌でした

大抵はドッグラン生まれドッグラン育ち

おまえは床が抜けた伽藍だ

したがって養蜂園がよぎります

めくるめく地方予選が消えていき、

セメントが紙背に徹してあるといい

暗室に十二種類の父がいる

榊陽子

一九六八年生まれ。愛媛県出身、兵庫県在住。

ササキサンを軽くあやしてから眠る

「第一七回杉野十佐一賞」の大賞を受賞した句で、榊陽子の名を一躍有名にした。「軽」という題詠。杉野十佐一は一九五一年に「おかじょうき川柳社」を設立、初代代表として多くの川柳人を育成した。

ササキサンという固有名詞にインパクトがある。「佐々木さん」でも「ササキさん」でもなくて、「ササキサン」なのだ。一般に、固有名詞は喚起力が強いが、この謎めいた名前に読者は、夫・他人・もう一人の自分など様々なものを代入することができる。多義的な読みを可能にしているのは、「軽くあやしてから眠る」という含みのある表現にもよる。軽くあやすというところに一種の「悪意」が感じられるが、読者の連想によってさまざまな読みが可能だ。

「受賞の言葉」で榊はこんなふうに述べている。「というのも投句した後に『なんでササキサン？』という思いが自分の中でおこり、しまったなあと思っていたのです。2か月後に再会したササキサンをしげしげと観察すると、血のつながった他人のようであり、見ず知らずのわたしのようでもありました」

「血のつながった他人」と「見ず知らずのわたし」。
この作者は自作を突き放して眺めることもできるし、自作についてけっこう意識的であることがわかる。サキサンには小説の登場人物のような雰囲気が濃厚である。榊陽子の作品には、虚構を通しての「私性」の表現の可能性が感じられる。

かあさんを指で潰してしまったわ
たてがみが生えてきたので抜いている

母親を指で潰してしまうとは、あっさり言ってくれるじゃないか。これまでの母を詠んだ句とは異質である。作中主体はエレクトラ・コンプレックスの持ち主なのだろうか。生えてきたたてがみをせっせと抜いてやる。自分のたてがみを自分で抜くのかもしれないが、それはなかなかむずかしいだろう。他者のたてがみを抜くのだとしたら、成長の邪魔をしてやろうという悪意が感じられる。

しばかれてごらん美しすぎるから
なお父はテレビの裏のかわいそうです
キノコ抱きしめ金輪際のうつくしき

「美しい」「かわいそう」という感情語が言葉通りに受け取れない。関西弁の「しばく」は単に「殴る」「叩く」より微妙なニュアンスを含む。また、父を本当にかわいそうと思っているのか疑わしい。

天井の目と目が合わぬようにする
鯖缶のバカのあたりが壁ですよ
少年を犯すダリアを装着し
クチビルガマチガイサガシシテレンビン

ここまで「悪意」という視点で読んできたが、彼女の作品にはいろいろな要素がある。榊陽子の世界は一筋縄ではいかない。

榊陽子

二百とは脱げてしまった靴である

かあさんを指で潰してしまったわ

かえってきた月にうさぎの童話臭

十分に轢死体なる使命音

しばかれてごらん美しすぎるから

たてがみが生えてきたので抜いている

なお父はテレビの裏のかわいそうです

残酷は願うものなり伝言ゲーム

よく妊む電子レンジで好きだった

キノコ抱きしめ金輪際のうつくしき

唐揚げをそっと世界と呼びなおす

ササキサンを軽くあやしてから眠る

榊陽子

白昼堂々と分度器を持ち歩く

ねじ穴はねじがすきではありません

あざらしに「くすり」と書いて立てかける

ふくらはぎあたりでよそ見してしまう

天井の目と目が合わぬようにする

くっつきにくい首だね　坊や

ため息はラムネ曇天パーセント

視聴覚室に舌はいらないの

あなたはだんだん眠くなる水着

本日は油ねんどを笑わせる

ナイフくださいもうすぐワルツです

猫の降る夜の長さを手なづける

私の上で寝返りをうつきりん

すすり泣く儀式からずり落ちる

産まれそうだから膨らむ背中

やわらかな草食獣とその容器

確実に絞めるさんにんぶんの鳥

改行の多い死を売る露天商

たましいか水ようかんか舐めてみる

今日中にそうじせんたくはがいじめ

家中の栓が見つめる赤ん坊

幻になるための7点セットです

腕白く塗られた岸が泣いている

曳いてきた影はタイピストの時間

両足を残して消えていくらせん

にわとりの声で呼ばれるふしあわせ

箱詰めの恥ずかしそうなふくらはぎ

喪服着てケーキを食べる夜明けかな

歯並びのきれいな犬が映りこむ

口中によからぬ犬を飼っており

署名して早くマリーゴールドって

どの子ともはぐれるように歩き出す

榊陽子

鯖缶のバカのあたりが壁ですよ

シーチキンから鯖缶死亡説漏れる

世に卵半日かけて絶叫す

ゆりかごに金属バット吐けば尊し

歌います姉のぶんまで痙攣し

かごめかごめかごの中のこの子だれ

藁詰めて子どもはみんな酸っぱいね

少年を犯すダリアを装着し

病的にさみしい電気洗濯機

隣人は用具入れにて愛すこと

はらわたのうららかな日は早退に

七並べひとりでやってひとりで負ける

脳みそをかたむけ波縫いぐらいはする

ぼたん雪ときに失意は筆談で済ます

カンガルーは腐った水蜜桃だよ

髄液、どうせ昼ドラめいてくる

鳥のえさ食べてＫ美はすこし飛ぶ

生後すぐ掬えば赤い牙持つ手

不正といえば出血　落丁責めにせよ

白バイはポニーテールで乗りましょう

早春のごはんを作る事故現場

クチビルガマチガイサガシシテレンビン

膜という膜いもうとの紙やすり

緊縛の菊模すひとを損なわず

ティンパニの皮になるんだよ僕ら

病名のない夜は眼帯して帰る

かあさんを回す全身オルゴール

捨て犬の中に入ってゆく少女

あゝこれは合意の遊び君沈め

両翅をひろげてまぶす月の夜

行く先をたずねる鳩のホストめく

終わらない世界たち　おやすみ処置歯

竹井紫乙（たけいしおと）

一九七〇年大阪生まれ。一九九七年より時実新子に師事。終刊まで「月刊川柳大学」会員。びわこ番傘川柳会「川柳びわこ」会員。句集『ひよこ』『白百合亭日常』『菫橋』。アンソロジー『猫川柳アンソロジーことばの国の猫たち』『現代の秀句　輪舞の森』『大人になるまでに読みたい15歳の短歌・俳句・川柳①愛と恋』。
Twitter@shiototakei

干からびた君が好きだよ連れて行く

「水」のイメージを好む川柳人は多いが、この作者は「干からびた君が好き」と言っている。このことにまず驚かされる。君とは花だろうか、食べ物だろうか、ヒトだろうか、記憶だろうか。恋人について言っているのだとすると、元気でエネルギーに満ちているときよりも、衰退して打ちひしがれている相手の方が好ましいということになる。これは優しさだろうか、悪意だろうか。柳本々々は「竹井紫乙と干からびた好き」（「川柳スパイラル」創刊号）でこの句を取り上げて、「僕はこの句を読んだとき、変な話もうこの句がこの句集『ひよこ』をすべて代弁していると思ったんです」と述べている。ちなみに、第一句集『ひよこ』の序文「物の怪姫に乾杯」で時実新子は「紫乙から見れば自分以外はすべて異世界らしいが、私から見れば紫乙の世界は多分に風変わりで、それがたまらない魅力なのである」という。

お店から盗って来た本くれる彼
化け物に名前をつけて可愛がる

ドキッとすることを平気で書く人だ。心のなかで思っていても普通は言葉に出して言わないことがある。けれども節度を保った日常生活の奥に蠢いている人間の真実を暴くのも文学表現の姿である。即ち「悪」への興味。掲出の二句のベースにあるのは恋愛感情だろうが、その愛の形がねじれている。「干からびた君」もそうだが、こういう虚構を作者は好んで書いている。

退屈な世界はかなり美しい

輝いてどこにも使えない部品

美しい鍵だ使えば戻れない

毎日の生活なんて退屈なものだ。平凡で退屈な日常生活こそ貴重でいとおしいという考え方もあるが、竹井の使う「美しい」は反語的だ。「美しい鍵」は何やら危険なものでもある。

眠り姫いつも誰かが触れている

童話の「眠り姫」をこんなふうに扱った句を他に知らない。「茨姫」とか「眠れる森の美女」のお話だが、竹井はそこに不協和音を響かせる。眠っている姫は無防備だから、誰でも触れることができるのだ。この句は童話の世界からかなり逸脱している。

木琴の音色を持参してきてね

パン屑のような約束だったのに

掘り出して下さい一応光るから

人と人との関係はふとつながったり冷酷であったりする。揺れ動く人間関係は「木琴の音色」のようでもあり、「パン屑」のようでもあるのだ。希望を持ちすぎることもないし、絶望することもない。「私」も他者もありのままに見つめられている。

竹井紫乙の作者像は複雑でとらえがたいが、最後にこんな句もある。『菫橋』の扉に掲載されている。

こんにちはぽろぽろ。さよならぽろぽろ。

竹井紫乙

干からびた君が好きだよ連れて行く

輝いてどこにも使えない部品

お店から盗って来た本くれる彼

君だけが私を火事にしてくれた

化け物に名前をつけて可愛がる

世界中ゆらゆらにする装置買う

美しい鍵だ使えば戻れない

暗闇でアンパンマンが指図する

大安を少し焦がすといい香り

神様あれ、わたしをためしましたか

やわらかい鉄で自由を釣っている

こんにちはぽろぽろ。さよならぽろぽろ。

竹井紫乙

おでこからアンモナイトを出すところ

退屈な世界はかなり美しい

音の無い海辺の町で蝶を買う

アルバムの中の町だったのだよね

どの路地を選べば行けるえれがんす

平日に他人の家で寝てしまう

癖になる空っぽになる遊び方

体中穴ぼこだらけ種を蒔く

待ちぼうけ王子も王になったろう

押し入れの中でゆっくり出す子宮

なんにもしてないけど蕾が増える

間違ったコピー重ねている体

ローソンで大人になってしまいます

本能は崩れることにあるおでん

偽物のドラえもんかな薄い青

ジェネリック医薬品なりのモナ・リザ

かなしみを孕む処方箋をもらう

喜んで壊れてゆくよアーケード

さらさらときな粉の問いは飛ばされる

すみっこでわたしはなにをされてるの

雑巾が溺死で有罪のバケツ

人でなし人面鳥に告げられる

つぶつぶを宿しましたというメール

永遠の母が抱いてるお人形

リンスする死人に水を遣るように

こっそりと添い寝をされる夜明けまで

沼地から届く航空券と地図

私より高い所に奈良の鹿

神様が少し使ったネックレス

狛犬の口から洩れる裏祝詞

まっしろな布巾つないでお葬式

木琴の音色を持参してきてね

竹井紫乙

消しゴムの匂いがずっとココ・シャネル

きんきらの折り紙貰うまでの仮死

折り紙がよたよた歩く虹の橋

カレーから耳だけ出している子ども

弟を待つ共食いをする為に

家族ってこんなのかしらレストラン

絶え間なくネオンが走るさらわれる

いつまでも辿り着けないルミナリエ

座布団の上で柱が溶けてゆく

不可。お嫁さんにもお婿さんにも

引き出しの奥のりぼんが発熱す

平凡な顔の警察官が来る

財産のひとつに優しそうな顔

終わるまで何度も通過するハサミ

布団ではいつもぐらぐらしています

眠り姫いつも誰かが触れている

階段で待っているから落ちて来て
種を取る君は私じゃないけれど
ところてんみたいなものを入れられる
パン屑のような約束だったのに
カラメルが焦げた部分の繰り返し
鉄分で音楽になれないジャージ
時々は顔が転がる事もある
音も無く転ぶ祭の真ん中で

蛸踊りするのは少し先のこと
評価とか要らんし京都タワーやし
妖精が書いた記事だと思います
ゆっくりとインクの染みが馬になる
ひとひらの花びらになりぺったんこ
掘り出して下さい一応光るから
美しい晴れ間で先が見えません
もう一つ世界を増やす準備する

芳賀博子（はがひろこ）

一九六一年兵庫県生まれ。一九九六年「時実新子の川柳大学」に創刊より投句、二〇〇七年終刊まで会員。句集『移動遊園地』『髷を切る』。

芳賀博子は時実新子に師事して川柳をはじめた。ホームページ「時実新子の川柳大学」の管理も彼女がしている。時実新子の影響を受けた一群の川柳人を私は「新子チルドレン」と呼んでいるが、芳賀はそのなかでも正統的な存在だ。彼女は俳人との交流も深く、俳誌「船団」（一二五号で終刊）に「今日の川柳」を連載。毎回一人の川柳人を取り上げて文章化してきたが、必ず本人と直接会ってから執筆している。遠方まで出かけてゆくその取材力は中途半端なものではない。芳賀は自作を発表するだけではなく、ホームページ「芳賀博子の川柳模様」のうち「はがろぐ」でも川柳作品を紹介するなど、現代川柳の発信につとめている。

迷ったら海の匂いのする方へ

四月だかなんだか弾け飛ぶボタン

ハイヒールマラソン　ライバルは何処へ

第一句集『移動遊園地』（二〇〇三年、編集工房円）に時実新子は序文を寄せて、言語感覚だけではなく、生きるセンスのよい女性として紹介している。

送ってくカンナが尽きるところまで

ニホンオオカミの末裔にてネイル

芳賀博子の第二句集『髷を切る』（二〇一八年、青磁社）から。ニホンオオカミの末裔なら野生を失わないはずだが、いまどきのネイルをしている。

私も土を被せたひとりです

壁の染みあるいは逆立ちの蜥蜴

前の句が伝統的な川柳性のある書き方なのに対し、後の句は冒険している。「川柳の意味性」ということがよく言われるが、この句は壁の染みを詠んでいるだけである。壁の染みなのだから現実の蜥蜴ではなくて心象的なものだろう。

春暮れる消える魔球を投げあって

M78星雲へ帰るバス

「消える魔球」といえば星飛雄馬だし、「M78星雲」といえばウルトラマンである。漫画やテレビなどの素材も使っている。

歩きつつ曖昧になる目的地

かたつむり教義に背く方向へ

「曖昧になる目的地」を私はプラス・イメージとして受け取っている。目的地が最初からわかっているなんて、つまらないだろう。

髷を切る時代は変わったんだから

最後には雨の力で産みました

「髷を切る」は句集のタイトルにもなっている。「時代は変わった」ということに対して、肯定・否定相半ばしながら対応して生きていこうという意識だろう。変化はきっぱりと形に表わさなければならない。「時実新子に戻れ」ということと「時実新子以後の川柳」を書くこととのせめぎ合いのなかで芳賀博子の作品は書かれていく。

手のひらのえさも手のひらもあげる

芳賀博子

迷ったら海の匂いのする方へ

四月だかなんだか弾け飛ぶボタン

ロング缶１本　本日の墓標

送ってくカンナが尽きるところまで

眠っていたらしい歌っていたらしい

ニホンオオカミの末裔にてネイル

あ、録画するのを忘れてた戦争

お金なさすぎーって女子高生ジャンプ

小数点以下はたんぽぽの綿毛

月光に触診されている窓辺

手のひらのえさも手のひらもあげる

咲いてゆく遠心力をフルにして

芳賀博子

美しい空人間が降っている

ジョンとして唄い続けるジョンレノン

運命を突き抜けてゆく夕燕

ことごとくしどろもどろよ汽笛がぽー

自転車でゆける一番遠い夏

朝ぼらけ何を流れているのだろ

おかえりなさいとキャラメル駆けてくる

ハイヒールマラソン　ライバルは何処へ

老いてゆくボーイフレンド春かもめ

歩きつつ曖昧になる目的地

壁の染みあるいは逆立ちの蜥蜴

まだ息をしてる屑籠の手紙

パンにジャムジャムジャムジャムお日様を拝み

欠けてから毎日触れるガラス猫

君がふと油断しているいい写真

春暮れる消える魔球を投げあって

先客が佇む土砂降りの神社

信号を守り指切りを守り

父の日と気付く小さい虹を見て

上巻が終わる世界を焼き尽くし

幸運の獣と知っていたならば

神木が揺れる命の使いどこ

走っても逃げても向日葵の陣地

私も土を被せたひとりです

手すりから身を乗りだしてつかむ雲

深閑と回転寿司の皿の数

M78星雲へ帰るバス

忍耐が足りないんでしょうなあ　ぷかり

俗にいう世界に一つだけの花

動かない方も温められている

説得力さらには鳴門金時だ

一年をかけて一年が終わる

芳賀博子

福袋あけるとここも大吹雪

デッサンの5Bくすぐったいってば

焼けばわかるポリエステルか純愛か

春愁水に戻している手足

今生の隅に突き出す自撮り棒

あの頃の喧嘩がしたい天気雨

ひきちぎるためにつないでいる言葉

たましいの隙間の糸くずやほこり

手短に告げるクレーの喫茶店

コイントス天まで上げて転生す

はつなつの葉裏粛々と和姦

嘘ばっかついて美しかった鈴

殴り込みかけてカルピスなど出され

パンに黴　亡命先が決まらない

かたつむり教養に背く方向へ

紫陽花のブルーを以て結審す

ワンピース洗う晩夏の匂いごと

ストローと私だけになる九月

いいよって乗っけてくれたトンボの背

金木犀ピアノは妹を選ぶ

おしまいに羽音をたてる洗濯機

驚いたままで車窓が動き出す

そういってギターの神は吸い終える

髷を切る時代は変わったんだから

仏頭のずんと十一月の底

最後には雨の力で産みました

新しい巣からみている遠花火

恋人の吐息にそっと着水す

惜しみなく蝶をひらいてゆく光

ただいまと空を走ってきたように

ひとときの夢へ並べるパイプ椅子

朝ごはんできたよ梅をみにいこう

兵頭全郎（ひょうどうぜんろう）

一九六九年、大阪生まれ。私家本工房代表。句集『n≠0 PROTOTYPE』（私家本工房、二〇一六年）、共著『セレクション柳論』（邑書林、二〇〇九年）。

どうせ煮られるなら視聴者参加型

「どうせ見られるなら」であれば意味が通りやすいが、「煮られるなら」となっている。だからといって「煮られるなら」に深い意味性を探っても、何も出てこない。料理番組などの文脈においてみても、あまりおもしろい読みにはならない。だから、この句はそのまま受け取るほかない。どうせなら視聴者参加型でいこうと呼びかけているのでもない。この句にはどんなアピールも意味もないのだ。

付箋を貼ると雲は雲でない

雲は雲であるはずだが、ある条件のもとでは雲は雲でなくなると言っている。言葉と物との関係は恣意的である。条件を変えてみる。言葉を変えてみる。即ち、言葉を変えてみる。そうすれば、言葉と言葉の関係性によって、世界はさまざまな姿を見せるだろう。

サクラ咲く時「もっと」って言うんです

「もっと」と言っているのは誰か。「もっと」どうしてほしいのか。他の言葉を言うときもあるのではないか。これらの問いは無効である。受け入れるしかないのだ。断言は川柳の書き方のひとつだが、従来の断言性はそこに川柳眼が感じられるものだった。作者独特の強烈な物の見方を表出することによって、読者を納得させてしまう力業があった。この句の場合はそのような強引さは感じられない。そう思わないなら別にかまわないよと言っているかのようだ。

数句読んだだけでも、兵頭の川柳は従来の川柳とはずいぶん異質であることが分かる。滑稽とユーモア、諷刺や批評性、私性の表現などをこれまで川柳は追求してきた。けれども、兵頭の川柳はそういうものとは違う。

彼の第一句集『n≠0 PROTOTYPE』は、そもそもタイトルをどう読むのか不明である。タイトル自体がすでに「意味」ではなくて「記号」だとアピールしている。

近代文学には自我の表現という面がある。自己表現とか自己表出とか言われる。「世界」を表現する場合でもそこに「私」のものの見方（川柳眼）が反映されるのだ。けれども、ここに一人の川柳人が現れて、「私」なんて表現したくないと言い出したら、どのような事態になるだろうか。全郎の川柳には意味もメッセージも「思い」もない。私たちは全郎が仕掛けた言語ゲームを楽しめばよい。やっかいな「心」などの入り込む余地はなさそうだ。

兵頭全郎の新しさは「書きたいことなど何もない」という自己表出衝動の不在にあり、にもかかわらず「川柳を書こう」というモティーフの存在するところにある。川柳にもポストモダンの表現者が現れたのだ。

というようなことはさておいて、最後に私が最も楽しめた作品を挙げておこう。

たぶん彼女はスパイだけれどプードル

兵頭全郎

すりがらす自己紹介をせがまれる

どうせ煮られるなら視聴者参加型

取出口に四頭身の神

付箋を貼ると雲は雲でない

丘が丘であるためのピアノ線

荷を出した部屋に髪一本燃やす

題詠「相」落として割った顔一枚

例題1まぶたをゆっくり見てください

二〇〇位と二〇一位のぬれおかき

一本があり一本がある人魚

生きるなど1/2の1/2

サクラ咲く時「もっと」って言うんです

兵頭全郎

ＳＦをもうすぐ変えるボールペン
天使の輪くべて密書を読み上げる
へとへとの蝶へとへとの蕾踏む
ヌルヌルの会見場のパイプ椅子
味噌風に仕立てられたらもうおしまい
装置別擬音図鑑（総天然色）
潔白を例えば冬の修正液
戸惑えど遅れど公転の部類

射的屋に並べる中堅の対義語
返却口に詰まってからの創造主
顔は楽器　顔は西日を見る楽器
３３３３３９９９９６１１２２２２５１１
ナレーター暴れ越境経て句点
おはようございます　※個人の感想です
突き詰めて公式の例外になる
正装のまま出汁ガラが捨てられる

邸宅の角にドーランまみれの松

ウクレレが鳴らなくなった定休日

背景に終わらない香港映画

むこうからどこでもドアを閉めている

ババ抜きの裏のサラリーマンの肖像

耳たぶを閉じる稽古に明け暮れる

裏方の送別会が終わらない

森を描くたとえば４の書き順で

フリップに次々サンタだった顔

こだわりのペットフードに合うペット

寸劇の繰り返される改札機

絵本の表紙の厚みには敵わない

贈られた花捨てられたあとの微差

標識の通り矢印痩せていく

ＣＭを挟んで鼻息のつづき

詰め合わせ次第でペンギンは変わる

兵頭全郎

ハチドリの鼓膜はすでに時代の先

夕焼けを食べ尽くすまでフラミンゴ

個人情報保護の面からおつな寿司

手放してしまえば丸くないパンダ

パタンパタンパタンで終える除幕式

病院の待合室のオークション

散水栓の扉の奥の消えない火

緞帳のドスンで鳩は飛んでった

身を切れよハニーローストピーナッツ

教会の鐘を良かれと思い斬る

闘牛場と屠殺場のトイレ

雀語を憶え違えたまま蜂起

肋骨の他は棒高跳びの棒

健康補助食品的にお応えする

空を飛ぶ人のあくびが止まらない

電源もないのに金魚売りにくる

寝落ちした首から順次置き換えよ

ウクレレはとても帰りたがっている

起立礼着席までを詰め放題

たぶん彼女はスパイだけれどプードル

ピアノ続く焼かれた闇が埋まるまで

太陽の真ん中に立つ碑を読みに

足漕ぎの棺の船よ前へ前へ

元勇者去れ県境が決まらない

霜柱なくてマツエク踏んでいる

著作権フリーの横顔で歩く

手に入れてしまった魔法のトング置く

暴力的な言い訳なんだ塗り絵

マトリョーシカな日曜参観

大根を大魂として持ち歩く

それぞれの季節の使者が咎めあう

モノクロの踏切に並ぶ切れ端

湊圭伍（みなとけいご）

一九七三年大阪生まれ、現在愛媛県松山市在住。詩集に『硝子の眼、布の皮膚』（草原詩社、二〇〇四年）、訳書にデイヴィッド・G・ラヌー『ハイク・ガイ』（三和書籍、二〇〇九年）など、句集に『そら耳のつづきを』（書肆侃侃房、二〇二一年）。二〇二二年に「湊圭史」から現在の名前に変更。

湊圭伍は英語文学の研究者で、現代詩や俳句にも詳しく、『新撰21』（邑書林、二〇〇九年）では関悦史の小論を担当している。アメリカ俳句協会元会長のデイヴィッド・G・ラヌー著『ハイク・ガイ』の翻訳もしている。「バックストローク」には二〇一〇年から参加、当時「週刊俳句」に彼が執筆した文章を読んだ渡辺隆夫が「若いの！　いいねえ、楽しみだねえ」と感激。以後「川柳カード」「川柳スパイラル」に同人として参加したが、彼もすでに川柳では中堅世代となった。批評と実作の両方ができる貴重な存在である。

もってくる子供がもってくる鋏

バナナはねむかし回文だったのよ

子供がもってくるのは鋏だから、句末の語が句頭にもう一度戻って、尻取りのようにぐるぐる回ってゆく。バナナは回文ではないが「バナナは」まで入れると回文になるかもしれない。今は回文ではないのだからこだわることもないが、果物のなかでもバナナを選んでいるのがおもしろい。

おにぎりの具や環礁に核のあと

昭和史をフラミンゴ臭抜いてから

年号の響きでフォント変えるはず
平壌から西松屋まで泳げるか

社会的な題材もあるが、安易な時事川柳にならないよう計算されている。ビキニ環礁は第二次世界大戦後はじめて核実験がおこなわれた場所。庶民的な食べ物であるおにぎりと取り合わせている。「広島や卵食ふ時口ひらく」（西東三鬼）をちょっと連想した。昭和・平成・令和という時代の変遷をフラミンゴや活字フォントとコラボさせている。西松屋はベビー用品のチェーンだろうか。「脱北」などの言葉を使っていないが、社会性川柳の雰囲気を感じる。

ブランコの鎖の音を忘れない
抽斗にねむる鉱物はいやらしい

記憶について。子どもの頃のブランコの軋む音、抽斗に眠る鉱物の標本。そういうものに対する感情は愛憎のまじる二律背反的なものかもしれない。

チャンネルを替えると無口になった
顔文字のひとつになって流される

よく喋る人、特に宴会になると他人の意見を聞かずに勝手に喋る人がいる。けれども、チャンネルを切り替えると突然無口になるとしたらどうだろう。饒舌な人・無口な人というキャラが固定されているのではなくて、状況によってペルソナが変わるのだ。

見慣れない主語が砂場に立っていた
ハードルをいくつ倒すかまず決める

湊圭伍は現代詩も書くから、川柳でも詩性作品を書くのかと思っていたが、彼の作品はけっこう川柳性の強いもので、広い視野から多彩な領域のテーマをカバーするものとなっている。

湊圭伍

機関車トーマスを正面から殴る
スフィンクスは大きなおまるなんだよ
もってくる子供がもってくる鋏
見えざる手が見えざる鼻をつまむ
おにぎりの具や環礁に核のあと
ブランコの鎖の音を忘れない

語呂のよいヘイトスピーチ蒙古斑

抽斗にねむる鉱物はいやらしい

ながびく平成よ　オレンジの皮脂

絵本がきらい絵本が怖い大きな手

東京メトロにトロ箱が流れつく

バナナはねむかし回文だったのよ

湊圭伍

ケータイをいくつも闇に浮かばせる

先々週の交通事故者数とぼく

目につつじ記憶に真っ白なカード

ピカチュウをお酢に浸ければ分かるはず

クソムシはフンコロガシを許さない

平手打ちの音で今夜も眠れない

あゝあれが受胎告知の鳥だった

ラスコーリニコフふにゃりと紙幣

朝びきの鶏の頭はどこへ行った

丹田をトロンボーンで突つかれる

麦の穂が病室にまでのびてゆく

始めから繰り返させる赤ん坊

居酒屋で働くためのつよい鰭

金魚の仮死を見詰めるコンセント

指先でチョークの粉が泣きわめく

臨月やはだしに靴を履くように

マラソンの老人の眼を見ましたか
ラッパより大きな音で舌を咬む
バターナイフに五千円札の杜若
膝下は被災地　胸から上が白鳥
さざ波になって帽子を探している
螺子の頭を見詰めている挽き肉
彼方よりバンビを横に引きずって
点々と野に散らばってベビーカー

チャンネルを替えると無口になった
丁髷を落とすとポイントが溜まる
借金大全キリンのぬいぐるみ篇
遠くだから手を振っても安心だ
牛乳パックの口にうっすらと瓦礫
殴らせて拳骨の中身をあてる芸
プリントをもって拍手をぎこちなく
顔文字のひとつになって流される

湊圭伍

空のない夜が枯葉を踏んできた
ドキドキしながら電池を捨てにゆく
見慣れない主語が砂場に立っていた
コーヒーの匙に目蓋が付いてきた
ひとしきり歌詞に絡まるセロテープ
手土産は和牛をガムテープで巻いて
昭和史をフラミンゴ臭抜いてから
セーターも模型電車も雨を聴く

手違いでしたが爪痕は残ります
上空にポットが浮かぶ国富論
Ｔシャツに描かれた舌を信じるな
たしなみに紐で縛ったオルゴール
哲学の道で捨てるといいらしい
トランプの髪はししゃもの皮らしい
降る羽根をブロードウェイに寝転がり
差し出した腕の芝生に落ちる影

ぶよぶよと生き抜く地下の理髪店

セイウチの牙が側溝からあふれ

ひとしきり見上げ硝子を踏んでゆく

年号の響きでフォント変えるはず

虚ろな目で合唱団を抜けるには

ベランダに点滅信号のよだれ

歴史教科書は寸胴で煮込まれて

議事堂の蓋を開けるとオルゴール

下線部の意味を歪めて書きなさい

アスファルトから昇るふきだし

脳・電車・ナマズの順に暴れだす

ハードルをいくつ倒すかまず決める

コンビニの灯りに透かす首の皮

消しゴムを窓の外まで取りにゆく

平壌から西松屋まで泳げるか

ずっと間違っていた階段の段の数

八上桐子（やがみきりこ）

一九六一年、大阪府生まれ。「時実新子の川柳大学」元会員。句集『hibi』（港の人）。

句集『hibi』のプロフィールによると、八上は二〇〇四年「時実新子の川柳大学」入会。二〇〇七年終刊まで会員。以後、無所属、とある。結社や川柳グループに所属せずに、独自の存在感を示して川柳を続けるのは、それほど簡単なことではない。

二〇一六年、八上は「葉ね文庫」の壁に針金アートの升田学とのコラボを展示した。牛隆佑のプロデュースによるアートと短詩作品の共同制作である。その後八上は牛隆佑・櫻井周太と「フクロウ会議」を立ち上げた。川柳・短歌・現代詩のユニットである。八上には「本」や「活字」に対するこだわりがあり、句集『hibi』は美しい装幀に仕上がっている。多くの川柳人は世俗性や醜悪な現実に目を向けがちだが、八上の美意識と川柳がどんなふうに結びついているのかは興味があるところだ。

　降りてゆく水の匂いになってゆく
　呼べばしばらく水に浮かんでいる名前
　水を　夜をうすめる水をください

「水」は作者の愛用する語で、繰り返し使われている。現代川柳のなかで、水は恋愛感情の揺れであったり、水を中心とする世界認識であったり、作者の「私性」と結びついたりする。しかし、八上の場合、水は二律背反的な意味をもった存在である。それは「水」とペアになる「闇」や「夜」によって示される。

からだしかなくて鯨の夜になる

くちびると闇の間がいいんだよ

清浄な水の世界は背後に闇をかかえることによって屈折したものになる。水は闇を中和する存在でもあるし、水の背後にちらりと見える闇は、日常を破綻させないように適度にコントロールされている。

踵やら肘やら夜の裂け目から

散歩する水には映らない人と

裂け目から出てくるものはどうしようもなく見えてしまうし、ともに歩いている人の姿は水には映らないのだ。氷山の水面に出ている部分はわずかであって、水面下には見えない実体が潜んでいる。それは、あるいは喪失感であったり孤独であったり人間の実存であったりする。ドロドロした思いをつかみだして明るみに見せるやり方ではないが、静かな風景の底には凶暴なものが隠されていて、ノイズは美しい水の世界から少しだけ姿をのぞかせている。

1・17ひかりにひたすびすけっと

阪神淡路大震災については「平成七年一月十七日　裂ける」（時実新子）が有名だが、八上の句は師である新子との資質の違いを感じさせる。

藤という燃え方が残されている

炎は上に立ち昇ってゆくが、藤の花房は下へと垂れ下がってゆく。それも一種の燃え方だという。「炎」のイメージを八上が使うのは珍しいが、花の美意識と見事に重ねられているのだ。

八上桐子

雨が春しめじまいたけ耳の骨

止まり木を握りなおした鳥が見る

抑揚のない町のバスロータリー

はね橋を見てきた人の眉を見ている

先生の生まれた町のあぶらあげ

1・17ひかりにひたすびすけっと

からだしかなくて鯨の夜になる

こうすれば銀の楽器になる蛇口

藤という燃え方が残されている

おとうとはとうとう夜の大きさに

えんぴつを離す　舟がきましたね

呼べばしばらく水に浮かんでいる名前

八上桐子

村中の雨の空家を聴かないか

ガス台のあったあたりがゆすらうめ

ひやしあめ西日にかざすネガフィルム

水平に船員手帳ひらかれよ

木犀すんと腫れぼったい廊下

翅は折りたたまれてバイエルの黄

叩く手を見ている少しうしろから

アリラン流れる胡桃の一部屋

ほほえんだままで密封されている

さるびあと言ういもうとの舌で

こおろぎを入れてちいさいお葬式

墓石と墓石に鶏頭生まれ

埋めもどした土のあかるい二三日

フライパンの取っ手のネジのゆるむ雨

夜を鳴らして猫が水飲んでいる

この町にない水門と檸檬の木

小雪降るときちがう声で言うとき

あたらしい傘とうめいな膜として

数はいま詩となるカシオ計算機

通勤快速バターが溶けてゆく動画

眼鏡屋の輪っかのつづく秋の家

註釈のような老犬連れている

兄嫁の力まかせに腐る桃

ふるい帆布　停電の夜の眠り

仮寝の夢に見知らぬ赤ん坊

全身麻酔いろえんぴつのしろいろ

病室を船の時間と名付け

肉筆の海へうかべるポンポン船

いつか行く海岸線になる歯形

旅人はいくらか先の水を見て

月光にかまぼこ工場浮いてくる

明け方のガスタンクより、よりもか

八上桐子

シナモンふる蛾をうつくしくおもうまで
星一つ入れて鳴り止まない眼
絵はがきの森さいしょの曲に戻っている
メーテルの髪塗りながら銀杏降る
輪郭を白いチョークにしてお逃げ
二人乗りの舟ってふつうにこわいね
わるい方の手で砂浜傾ける
アイロンの蒸気かすかに匂う鶴

もう一羽来てあそびではなくなって
冬蝶のゆあゆあ編みあがるれえす
感情を見分ける羊歯を裏返し
空耳へみるみるひらききる眉間
降りてゆく水の匂いになってゆく
皆去ってさくらの下が濡れている
立ち止まりたくなる九月のくるぶし
鳥は目を瞑って空を閉じました

真鍮の把手のついている地名

走り出すちいさく一度揺れてから

向こうも夜で雨のなのかしらヴェポラップ

さみしいのかわりセロファンとつぶやく

歩いたことないリカちゃんのふくらはぎ

アサガオノカスカナカオススガシカオ

初夏の鳥の一日あれば済む

握りたくなる新品の鉄パイプ

エアギターのようにあいされている

くちびると闇の間がいいんだよ

踵やら肘やら夜の裂け目から

人間の皮膚やわらかく糸と針

その手がしなかったかもしれないこと

水を　夜をうすめる水をください

レシートが長くて川を渡りそう

散歩する水には映らない人と

柳本々々（やぎもともともと）

一九八二年、新潟県生まれ。慶應義塾大学大学院国文学専攻中退。第五七回現代詩手帖賞受賞。著書に『バームクーヘンでわたしは眠った』（春陽堂書店、二〇一九年）。

柳本々々の川柳への登場は華々しかった。二〇一四年当時、彼は正体不明の作者であった。「ヤギモトすげえ」の声がネットに見られたし、御前田あなたと同一人物か別人かということも詮索された。私がはじめて彼と会ったのは二〇一四年十二月のことだったが、礼儀正しい好青年だった。彼は「かばん」に短歌を発表していたし、「現代詩手帖」にも投稿、第五七回現代詩手帖賞を受賞している。安福望とのコンビでの『きょうごめん行けないんだ』（食パンとペン）、『バームクーヘンでわたしは眠った』などの活躍はよく知られている。俳句や川柳のイベントでパネラーをつとめることも多いようだが、彼の語りには聴衆を巻き込んでゆく迫力がある。

ねえ、夢で、醬油借りたの俺ですか？

最低なことをした日のオムライス

作品においても、柳本の句は読者に語りかけるような口調で書かれている。川柳は口語表現を基本とするけれど、柳本の句は特にパロールの性格が強い。掲出句は五七五の定型を守っているが、場合によっては散文になることもおそれず作品が書かれている。心境や感想のつぶやきである。

「醬油を借りる」という庶民的な行動がある。しかし、それは夢のなかだという。しかも、借りたのが自分であるかどうか、相手に確かめるかたちをとっている。ここにはたいへん微妙な他者との関係、壊れやすい人間関係への配慮がある。「最低なこと」とは何だろう。誰にでも自分に対して「馬鹿!」と思わず罵りたくなるような悔いがあるものだ。そんな日のオムライスの味。これって、けっこう川柳にぴったり親和する心情ではないか。

やめたひとだけが集まるどうぶつえん

コースから外れてしまった人間、ドロップアウトしてしまった人間が時間をつぶす場所として動物園はふさわしい。

ものすごい○が視界を横切って

「ものすごい○」って何だろう。視界を横切るものは風景や動物、人間や神など、いろいろ想像できる。読者はこれに七七句を付けて、作品に参加することができる。読者とのコラボ。

「ほろびるの?」鯨から電話が掛かってくる

絶滅が危惧される鯨。柳本が見ている世界はユートピアではなく、ディストピアなのだろう。生きづらい世界のなかで、かろうじてコミュニケーションが保たれている。「こんにちは」「おやすみなさい」など、挨拶の言葉によって世界や他者との断絶を埋めることは重要だ。「おしえてほしい気持ちがあるんだけど」と口ごもりつつ、誰かとつながってゆく。そういう手続きを経て、はじめて「愛」や「人生」を語ることができるのだろう。

おやすみなさい(銀河パッケージング)

柳本々々

ねえ、夢で、醤油借りたの俺ですか？
あなたが見せてくれた宇宙はまだ無臭
かっこいいラーメン食べる好きなひとと
最低なことをした日のオムライス
こうするとぶらさげられる春ですよ
眠るゴリラあなたでなくてはいやなのです

お祈りのかたちのままでバスに乗る

手紙ソムリエ手紙ソムリエおまえは幸せになる

宇宙飛行士眠るそれはそれは元気

象　忘れ物をしてまた出会うこと

最後までふとんのなかは息でいっぱい

おやすみなさい（銀河パッケージング）

柳本々々

やめたひとだけが集まるどうぶつぇん

真夜中に見廻りをする手の明かり

ちゃんと見守る鶴終わるまで

チョコ・ムース・運命・イチゴ　はなしあう

添い寝の嵐と記入して寝る

ひとつひとつの日々が瀕死です。

あれは馬あれは苺と分別し

初恋でひとは滅びるわけではない

世界中のふらふらをパッケージングする

粉末になっても正座だとわかる

病室に宇宙塵（スペース・ちり）が落ちている

はろー、きてぃ。約束の地にまるく降り立つ

ものすごい○が視界を横切って

英字クッキーきらきら揃う

正座して愛するひとをかんがえる

五万年あとの話をしてる鳥

封筒をゆっくりあけるときの顔

桜桃忌来るなんにもない場所へゆくぞ

笛を吹いている死ねと言った口で

かみさまとパズルをつくる真っ白の

浴室の弱った波に餌をやる

べこべこの青空どうしても五月

した人もしてない人もバスに乗る

今朝やっと鶴を再開したところ

誕生日ほとんど光をしていない

やせたかみさまがじてんしゃにのる

頬杖は線を集めている時間

霧のなかさよならをいう霧のおじいさん

にゃにゃ、にゃ、にゃにゃとてもシリアスな猫の会議の

なんにもなくなっちゃったと笑う水

感想です今は光しか見えない

夏目漱石（ＣＶ：柳本々々）

Oh, Mama, can this really be the end もといこんにちは
ひゃっとする花束の背中さわると
トイレあけるとがぜん扉でした
夏になりのび太は0を理解する
真夜中の Moominmamma の m の数
ぱっへるべるかのんと息を吐きなさい
勇気って実はぷりぷりしたゼリー
とどかないてがみがべろをだしている
すごおおくしんちょうにやってきた鶴
天の川にかかってしまうリダイヤル
たんぽぽのお酒を飲んで次の風
かみさまと名乗ったしゅんかん捨てられる
_○_○_○_○_○_○_○_◎_○_○_○_○_
メカ太宰メカ漱石にメカカフカ
そうですねプラン9でひかります。
リンス・イン・魂（洗い流せない）

きらきらを2分ゆでろと指示される
口笛が吹けたひとから夏休み
キリスト（のジャージ姿）とすれ違う
醬油をつけて海苔で巻くQ
犬神家の仏間で牛乳を飲む
あなたのへそにふれると部屋がどんどん明るくなるね
ムーミンの遺骸を乗せて運ぶ舟
もと、もと、と鳴いてる鹿とみつめあう

コンビニにほんとうのひとたちがいる
「ほろびるの？」鯨から電話が掛かってくる
わたしだけここに残って貰うパン
おしえてほしい気持ちがあるんだけど
うしなわれたものの周辺でたのしく暮らす
葱という漢字なんにもしない日の
飛行機を砂漠で修理する気持ち
足の裏合わせたひとがいなくなる

第五章　現代川柳小史

1―現代川柳前史

本書で扱っているのは「現代川柳」だが、その前に明治以降の「近代川柳」(新川柳)の時代があった。近代川柳の基礎を築き「中興」と言われるのは、阪井久良伎と井上剣花坊である。関西では小島六厘坊の影響力が大きかった。

川柳の三要素は「穿ち」「おかしみ」「軽み」とされるが、そこに主観性と詩的要素が導入されたのが明治四十年代の矢車派である。

眼の無い魚となり海の底へと思ふ　中島紫痴郎(しちろう)

大正末年から昭和初年にかけて起こった新興川柳運動は川柳史を一変させ、実験的・前衛的な作品が多く書かれた。小樽の「氷原」社の田中五呂八(ごろはち)が理論的牽引者で、『新興川柳詩集』『新興川柳論』が出版されている。「論は五呂八、句は半文銭」と言われた木村半文銭と彼の盟友である川上日車は関西における新興川柳の代表的作家である。新興川柳には鶴彬などのプロレタリア派と半文銭などの芸術派があり、激しく対立していた。本書では現代川柳の源流として日車と半文銭の作品を収録しているが、鶴彬についてはよく知られているので掲載していない。

人間を掴めば風が手にのこり　田中五呂八

人間を取ればおしゃれな地球なり　白石維想楼

竝べ見る宇宙一つはアメーバの　渡邊尺蠖

暴風と海との恋を見ましたか　鶴彬

2―現代川柳の開幕

現代川柳がいつからはじまったかについては定説がないが、私は河野春三と中村冨二以降という立場をとっている（『セレクション柳論』解説、邑書林）。

第二次世界大戦後の川柳の世界では関東の中村冨二と関西の河野春三とが若手川柳人の求心力となった。冨二は「川柳鴉組」を結成し、川柳誌「鴉」を発行。この「鴉」を編集していたのが、松本芳味である。合同句集『鴉』（一九五七年）には芳味のほか、星野光一、片柳哲郎、金子勘九郎、田中哲哉などの作品が収録されている。

関西では河野春三が一九四八年三月、川柳誌「私」を発行する。二年後には「私」を解散して、亀井勝次郎と二人誌「人間派」を創刊。さらに一九五六年十二月には「天馬」創刊。「私」が基本的に個人誌だったのに対し、「天馬」は同人誌である。「天馬」の時代は春三のもっとも脂の乗った時期で、「現代川柳」という呼称が定着したのもこのころだ。「天馬」二号（一九五七年二月）の座談会で春三は「我々の作品を今後、現代川柳という呼称に統一したい」と発言した。いろいろ議論があったようだが、「現代川柳」は「革新川柳」と同じ意味で使われるようになる。「現代」は単に今の時代というのではなくて、「革新」というバイアスのかかったものになる。

3 「現代川柳」と「川柳ジャーナル」

冨二と春三以外にも現代川柳の作家たちは各地で活動していたが、その結集のための試みが何度か行われている。

岐阜の今井鴨平は一九五〇年代に「川柳うかご」「人間像」を発行して、新しい川柳を目指した。一九五七年、「現代川柳作家連盟」（現川連）が結成され、鴨平が委員長に、中村冨二が副委員長に選ばれた。

機関誌「現代川柳」も発行されたが、一九六四年に鴨平が急逝したあと求心力を失って現川連は消滅した。

杖曳けば悪鬼の相のすでになし　今井鴨平

一九六六年八月、「川柳ジャーナル」は「海図」「鷹」「不死鳥」「流木」「馬」の各誌を統合して創刊された。革新川柳の結集という触れ込みだったが、「革新」と「伝統」が入り混じり、「社会性」と「私性」が入り混じる混沌とした情況であった。参加者は時期によって異なるが、奥田都指王・片柳哲郎・小泉十支尾・河野春三・時実新子・中村冨二・細田洋二・松本芳味・宮田あきら・山村祐・渡部可奈子などであった。

垂直に沈む艦までとどかぬ　手　宮田あきら

神さまに聞える声で　ごはんだよ　ごはんだよ
これはたたみか　山村祐

芭が原か
父かえせ
母かえせ　松本芳味

山村祐は詩性が強く、松本芳味には多行川柳の試みがある（句集『難破船』）。細田洋二の作品には言葉の再生を求める言語観があり、川柳における言葉派（テクストとしての川柳を重視）の先駆となった。

「川柳ジャーナル」とは直接関係はないが、詩性川柳に対して、石原青龍刀は「川柳非詩論」を唱えた。「マルクスもハシカも済んださあ銭だ」など青龍刀の作品には諷刺性が強い。

4—六大家と伝統川柳

前衛的な川柳に対して伝統川柳の作者たちについて触れておこう。伝統川柳といっても個々の作家の経歴には前衛に傾いた時期があったりするので図式的な分け方になるが、六大家と呼ばれる人々がそれに当たる。

　一九〇九年、西田当百、今井卯木らが関西川柳社を興す。一九一一年、藤村青明が大阪で短詩社を興し、「轍」を創刊。同人は水府、路郎、半文銭、五葉、緑天だが、二号で廃刊になった。以後、岸本水府は短詩の実験から手をひき、一九一三年、関西川柳社から機関誌「番傘」を創刊する。

　一方、反「番傘」の流れとしては、麻生路郎、川上日車らが一九一五年に「番傘」を脱して「雪」を創刊。「行末はどうあろうとも火の如し」（路郎）の句にうかがえるように、後の六大家の一人である路郎もこの頃は血気盛んだった。川柳の前衛として突き進む日車・半文銭に対して、路郎は一九二四年、「川柳雑誌」を創刊。椙元紋太は一九二四年、神戸で「ふあうすと」を創刊する。

　関東では川上三太郎の「川柳研究」、前田雀郎の「みやこ」「せんりう」、村田周魚の「川柳きやり」などが有力な柳誌であった。

壁がさみしいから逆立ちをする男　岸本水府
君見たまへ菠薐草(ほうれんそう)が伸びてゐる　麻生路郎
電熱器にこっと笑うようにつき　椙元紋太
雨ぞ降る渋谷新宿孤独あり　川上三太郎
音もなく花火のあがる他所の町　前田雀郎
二合では多いと二合飲んで寝る　村田周魚

　伝統系の川柳作品にも名作は多いが、ここでは「番傘」系から岩井三窓、柴田午朗、森中恵美子、「川柳雑誌」「川柳塔」系から西尾栞、橘高薫風、「ふあうすと」系から大山竹二と泉淳夫、そして関東からは第十四世川柳である根岸川柳の作品を紹介しておく。川上三太郎は伝統川柳と詩性川柳の二刀流を標榜したが、「川柳研究」における詩性派として田辺幻樹を挙げておく。

飲みながら話そうつまり恋なんだ　岩井三窓
ふるさとを跨いで痩せた虹が立つ　柴田午朗
子を産まぬ約束で逢う雪しきり　森中惠美子
二階から一日降りず詩人とか　西尾栞
恋人の膝は檸檬のまるさかな　橘高薫風
近代にねじ伏せられて蚊を叩く　大山竹二
如月の街　まぼろしの鶴吹かれ　泉淳夫
茹でたらうまそうな赤ン坊だよ　根岸川柳
ふす肌に百夜の秋をもてあます　田辺幻樹

5―時実新子の登場

一九七五年は現代川柳のエポックを画する年であった。松本芳味が死に「川柳ジャーナル」が終刊になる一方で、川柳の新しい胎動が始まっている。尾藤三柳「川柳公論」、福岡の現代川柳藍グループ「季刊藍」、時実新子「川柳展望」、大学・高校生による短歌・俳句・川柳・一行詩の広場「獏」などがこの年に創刊されている。旧来のものは解体され、再編されていく。一九七八年一月、京都の平安川柳社は二十周年大会直後に解散。北川絢一郎は「新京都」を創刊する。同年八月、岡橋宣介死去にともない「せんば」休刊。宣介は戦前、俳誌「旗艦」の同人として編集を支えたが、戦後は川柳に転じた。

古いキスしづかに火山灰が降る　尾藤三柳
寒卵掌にしひようびようたるこころ　岡橋宣介

これらの動きの中で圧倒的な存在感を示し、この時代をリードしたのが時実新子である。新子は短歌からスタートしたが、「心情を赤裸に詠みすぎる」ということで破門され、川柳に転じる。神戸新聞投句（椙元紋太選）のあと、「川柳研究」に投句、六大家のなかでは川上三太郎に師事する。一九六三年、句集『新子』を上梓。「時実新子の句集『新子』は、与謝野晶子の『乱れ髪』のもったような意義を、川柳史の上に占めるかもしれない」（吉田精一）と評された。

新子には句集『月の子』『時実新子一萬句集』などがあるが、特に『有夫恋』（朝日新聞社、一九八七年）はよく読まれた。また「アサヒグラフ」に連載された「川柳新子座」には多くの投句が集まった。一九九六年には天根夢草と決別して「川柳大学」創刊。

かの子には一平が居たながい雨　　時実新子

この時期には、時実新子以外にもさまざまな女性川柳作家が輩出した。

百八つ吸うた口ほどすみれ摘む　　福島真澄

夕焼の亡父を見にゆく百済まで　　児玉怡子（よしこ）

櫛を売るのは魂よりもすこしあと　　前田芙巳代

まだ言えないが蛍の宿はつきとめた　　八木千代

たかが一生花を降らせて討たれよう　　村井見也子

こいびとになってくださいますか吽　　大西泰世

私は時実新子に師事してその影響を受けた一群の川柳人を「新子チルドレン」と呼んでいる。本書に収録した川柳人では、芳賀博子・八上桐子・竹井紫乙がそれに当たる。

6 — 現代川柳の展開

一九九〇年代の終わりになって、川柳に新しい動きが見られるようになった。従来の川柳は「社会性」であれ「私性」であれ、「自分の思いを自分の言葉で書く」というスタンスであった。しばしば用いられたのが隠喩（メタファー）である。意味性の強い表現をするのにメタファーが便利だったし、読者も川柳作品に明確な意味を読み取ろうとすることが多かった。そういう強い意味性や作者の人生上の「思い」から句を書くのではなくて、「言葉」から出発して川柳作品を書こうという動きがはじまった。図式的に言えば、作者論的な表現から作品論・テクスト論表現へと川柳も変化していった。

『現代川柳の精鋭たち』にはじまり、「バックストローク」の創刊と京都・東京・仙台・大阪・名古屋などでのシンポジウムの開催、「セレクション柳人」の刊行など、二〇〇〇年代の現代川柳の動きの中心にいたのが石部明と樋口由紀子である。樋口は時実新子から出発したが、独自の道をたどった。

肉体は片付けられた紅葉狩り　　樋口由紀子
二週間経ったら思慕は意味になる　　同

現在、川柳のフィールドでは様々な作品と川柳観がダイナミックに生まれている。冨二・春三から時実新子までが現代川柳の第一世代だとすれば、本書の第一章・第二章に収録されている川柳人は第二世代・第三世代に属する（これは厳密な区分ではなくて、たとえば墨作二郎は第一世代に入る）。これまで閉鎖的だった川柳界を他者に向かって開いていくことによって短詩型文学全体における川柳の位置が問われるようになった。句会だけで充足していた時代からテクストの「読みの時代」へ、さらに「句集の時代」へと進んできている。川柳本々々や暮田真名など若い世代の川柳人も現れているし、「毎週WEB句会」の森山文切のように句会だけではなくSNSを通じて川柳を発信する作者も登場。

現代川柳の今後の展開が楽しみだ。

7―自由律川柳と十四字(じゅうよじ)

自由律川柳についてはあまり知られていないので、少しだけ紹介しておこう。作品としての自由律は明治期から試みられていたが、新興川柳期になって活発化した。本書では川上日車の作品などに見られる。「手」（大阪）「川柳ビル」（京都）「視野」（兵庫）などの川柳誌が発行された。自由律には短律と長律があり、その一部は短詩に解消されていった。

疲れた遮断機の前に立たされている　宮田甫三
捨てられた畳のあきぞら　宮田豊次

十四字は自由律ではなく七七形式の定型律である。『誹諧武玉川』に秀句が多いので「武玉川調」とも呼ばれている。近代・現代に入ってからも愛好者は多い。

クラス会にもいつか席順　清水美江
うるさいなあとせせらぎのやど　下村梵
無理して逢えば何事も無し　江川和美
監視カメラはオフにしていた　かわたやつで
ドミノ倒しへ誰が裏切る　佐藤美文

参考文献
河野春三『現代川柳への理解』（天馬発行所、一九六二年）
山村祐・坂本幸四郎『現代川柳の鑑賞』（たいまつ社、一九八一年）
一叩人編『新興川柳選集』（たいまつ社、一九七八年）
尾藤三柳『川柳入門―歴史と鑑賞―』（雄山閣一九八九年）
『現代川柳ハンドブック』（雄山閣、一九九八年）
『現代川柳の精鋭たち』（北宋社、二〇〇〇年）
『現代川柳の群像』（川柳木馬ぐるーぷ、二〇〇一年）
東野大八著・田辺聖子監修『川柳の群像』（集英社、二〇〇四年）
『セレクション柳論』（邑書林、二〇〇九年）
田口麦彦編『新現代川柳必携』（三省堂、二〇一四年）
『大人になるまでに読みたい15歳の短歌・俳句・川柳』（ゆまに書房、二〇一六年）
樋口由紀子『金曜日の川柳』（左右社、二〇二〇年）

振り返ると川柳(ヤツ)がいた

小池正博

川柳の句会では毎日おびただしい句が生まれては消えてゆきます。その大部分は作品として読み継がれることはありません。川柳は「消える文芸」「言葉を蕩尽する文芸」でした。そういう無名性は川柳の魅力でもありますが、もう少し現代川柳の作品が読まれ、語られることがあってもいいのではないかという気がします。一般に流通している川柳イメージとは少し違った、文学としての川柳をお楽しみいただけたでしょうか。

解説の部分では「社会性」「私性」「川柳性」などの用語を説明なしに用いています。用語の意味を突き詰めてゆくと長い議論が必要になりますので、あまり定義を気になさらずにお読みいただけたらと思います。解説は小池正博のページを柳本々々が、それ以外のページを小池が執筆しました。

本書には掲載できませんでしたが、紹介したい川柳作品はたくさんございます。現代川柳にご興味をもたれた方は他の川柳書や句集も開いてみてください。川柳句集も以前に比べて出版されるようになりましたし、通販やネットをご利用いただくと、けっこう川柳の情報が手に入ります。川柳資料を所蔵する図書館としては、国立国会図書館（東京都千代田区）、日本現代詩歌文学館（岩手県北上市）、大阪市立中央図書館・短詩文学文庫（大阪市西区）などがあります。

現代川柳はいまも現在進行形で進んでいますから、捉え方は人によってさまざまかと思います。これからも川柳句集・アンソロジー・川柳評論・現代川柳史などの川柳書が刊行され、現代川柳の読者と作者が増えてゆけば嬉しいです。

二〇一九年の「文学フリマ大阪」のあとの懇親会の席で書肆侃侃房の藤枝大さんに声をかけていただいて、本書の企画がスタートしました。また、執筆に当たっては川柳の世界で出会ったたくさんのみなさまのご恩恵を受けています。

川柳の分野では作品が句集や書籍としてまとまっていないことが多く、煩雑になるため、出典に関しては掲載を見合わせました。

物故作家の作品掲載につきましては、著作権継承者の方のご了解をいただきました。ありがとうございました。

編著者略歴

小池正博（こいけ・まさひろ）

一九五四年、大阪府生まれ。

一九九七年「現代川柳点鐘の会」に入会、墨作二郎に師事。「バックストローク」「川柳カード」同人を経て「川柳スパイラル」編集発行人。

句集『水牛の余波』『転校生は蟻まみれ』『海亀のテント』、評論集『蕩尽の文芸　川柳と連句』。ブログ「週刊川柳時評」。日本連句協会理事。「大阪連句懇話会」代表。

※木村半文銭に関しましては著作権継承者の方が不明です。ご存じの方はお手数ですが弊社にご連絡いただけましたら幸いに存じます。

はじめまして現代川柳

二〇二〇年十月十七日　第一刷発行
二〇二四年二月一日　　第三刷発行

編著者　小池正博
発行者　池田雪
発行所　株式会社 書肆侃侃房（しょしかんかんぼう）
〒810-0041
福岡市中央区大名2-8-18-501
TEL　092-735-2802
FAX　092-735-2792
http://www.kankanbou.com　info@kankanbou.com

本文デザイン　成原亜美（成原デザイン事務所）
編集　藤枝大
DTP　黒木留実
印刷・製本　モリモト印刷株式会社

ISBN978-4-86385-420-8 C0092